मित्रो मरजानी

मित्रो मरजानी

कृष्णा सोबती

राजकमल प्रकाशन

ISBN : 978-81-267-0781-2

मूल्य : ₹395

पहला संस्करण : 1967
बारहवाँ संस्करण : 2025

प्रकाशक : राजकमल प्रकाशन प्रा.लि.
1-बी, नेताजी सुभाष मार्ग, दरियागंज
नई दिल्ली-110 002
शाखाएँ : अशोक राजपथ, साइंस कॉलेज के सामने, पटना-800 006
पहली मंजिल, दरबारी बिल्डिंग, महात्मा गांधी मार्ग, प्रयागराज-211 001
1, अनमोल सोराबजी संतुक लेन, धोबी तलाव, मरीन लाइंस, मुम्बई-400 002
वेबसाइट : www.rajkamalprakashan.com1
ई-मेल : info@rajkamalprakashan.com

मुद्रक : विकास कंप्यूटर एंड प्रिंटर्स
ट्रॉनिका सिटी-201 102

MITRO MARJANI
Novel by Krishna Sobti

मित्रो मरजानी

मटमैले आकाश का छोटा-सा टुकड़ा रोशनदान से उतर चौकोर शीशों पर आ झुका तो नींद में बेखबर सोए गुरुदास सहसा अचकचाकर उठ बैठे। बाँह बढ़ा खिड़की से चश्मा उठा आँखों पर रखा और चौकन्ने हो कमरे की पहचान करने लगे। वह रहा कोने में रखा अपना छाता, खूँटी पर लटका लम्बा कोट, अपना ही घर है।

घर में सब ठीक-ठिकाने है। भला-चंगा हूँ मैं भी। तनिक दुपहरी सो ही तो लिया...सिरहाना दुहराकर ढासना लिया कि एकाएक मसूढ़े की उठती पीर से बेबस हो फिर लेट गए। हाय ओ !...अभी उस दिन तो दूध के दाँत निकले थे और आज एक झटके से उखड़ भी गए। कुछ देर दाँतों के नीम-डॉक्टर का चेहरा आँखों के आगे ठिठका रहा, फिर बूँद-बूँद रिसते पानी में ओझल हो गया। इतना लम्बा सफर इतनी जल्दी कट गया।

उसी दिन तो अम्मा को आगे का हिलता दाँत दिखाया था। अम्मा ने ठुड्डी छू समझाया था—मुन्ने बेटे,

दाँत गिरे-पीछे जिभा से न छूना। बत्तीसी रूठ जाएगी !—अम्मा की हल्दी लगी अधमैली ओढ़नी में से झाँकता छोटे घूँघटवाला मुखड़ा...वह जीती-जागती साक्षात् लक्ष्मी-सी माँ किन भूले-बिसरे सपनों में जा लुकी ! अरे, कहाँ चले गए वे सुहाने दिन और कहाँ गए अपने अम्मा और बापू ? सुरगों में जिनका वास, ऐसे अपने बापू को, हाय, इस अभागे ने कभी याद ही नहीं किया। एक-एक पल स्वास-स्वास जिन्होंने पाल-पोस बड़ा किया, उनके आँखें मींचते ही उनकी मोह-ममता भी छूट गई।

न, न, गए बरस तो बापू के श्राद्ध पर ब्राह्मण जिमाए थे। कपड़े-लीड़े मंसाए थे। सब किया था, कायदे-करीने तो सब हुआ, पर देवता-से उस बापू को घर में याद किसने किया ? धनवन्ती चौके-चूल्हे में लगी रही। बहुएँ कन्नी काट अपने-अपने काम में रुझी रहीं और लड़की...उन्हें अपने बापू की नहीं तो बापू के बापू की क्या फिकर ? दिन-भर-ख्वारी बाहर और रात मौज-मस्त ! दरिया-सी जवानी इन्हें क्या अनोखी चढ़ी है ? इन किनारों में भी बाढ़ आई थी पर पानी जैसे चढ़ा था वैसे ही उतर भी गया। धनवन्ती बेचारी इस कबीलदारी में ऐसी फँसी कि नासमझ को न सुध अपनी, न इस बूढ़े गुरुदास की। दुपहरी दाढ़ निकलवाकर आया था पर साथिन घड़ी-भर को जो पास आ बैठी हो। कभी रौं थी तो इस बिछौने के आसपास दिन-रात एक कर देती थी। अब रौं है तो सबकुछ भूल-भाल बहू-बेटों में रुझी पड़ी है। गुरुदास फिर लेटे-लेटे उठ बैठे और अवाजारी से घरवाली को आबाज दी—बनवारी की माँ !

हाथ का काम वहीं-का-वहीं छोड़ धनवन्ती अन्दर उठ आई। बत्ती जला पास आ पूछा—कुछ पीर कम हुई ?

घूँट-भर गर्म-गर्म दूध लाऊँ ?

चुँधी-चुँधी आँखों गुरुदास पहले नाराज़ी से देखते रहे फिर हाथ हिला तीखे गले कहा—उसके बिना मरा नहीं जाता हूँ !

मन-ही-मन धनवन्ती धनी से डरी पर झूठ-मूठ के तेवर चढ़ा कहा—शुभ-शुभ बोलो ! लड़केवाले सुनेंगे तो क्या कहेंगे ?

गुरुदास ने झुँझलाकर सिर हिलाया—लड़कों के होश-हवास ठिकाने हैं जो सुनेंगे ?

—ऊँचा बोल अपना सिर न थकाओ।...लड़के तो बारी-बारी बापू का हाल पूछ गए हैं।

—मेरे सामने उनकी गर्द न झाड़ धनवन्ती, मैं भी उनका बापू हूँ !

धनवन्ती ने पास झुक लिहाफ़ पर हाथ फेरा और निहोरकर कहा—मेरा इतना-सा कहा तो रख लो, गर्म दूध पीने से सिर को आराम मिलेगा।

गुरुदास जवाब में कुछ बोले नहीं तो धनवन्ती ने बेफ़िक्री की साँस ली।

चौके में जा दूध औटाया। झाग मारने लगी कि छोटी बहू दहलीज में आ खड़ी हुई। एक बार तेज़-तर्रार नज़र से सास की ओर देखा और ओठों पर मुस्कराहट ला बोली—अम्मा, दूध जमाने लगी हो तो सजरी जाग देना। कल का दही खट्टा था।

धनवन्ती के दूध औटाते हाथ थम गए। जी तो हुआ पलटकर कुछ कहे पर अपने को रोक दिया। इस ओछी के संग वह भी क्यों ओछी बने ?

—बहू, तुम्हारे बापू का जी अच्छा नहीं। दर्द के मारे निढाल पड़े हैं, उन्हीं के लिए दूध ले जाती हूँ।

धनवन्ती की छोटी बहू फूलाँ की आँखें चमकने लगीं—अम्मा, बापू तो दुखती दाढ़ निकलवा आए हैं न ! अब तो दर्द का आराम होगा।

धनवन्ती ने बिना कुछ कहे बहू के मुँह पर से आँखें लौटा लीं। आँचल के छोर से दूध का गिलास ढाँपा और चौके से बाहर निकल गई।

धनी के पास पहुँचते-न-पहुँचते मन घिर आया। घर के मालिक के लिए इतने से दूध पर भी आँख !

दूध दे धनवन्ती गुरुदास के पैताने आ बैठी और धनी के पाँव दाबते-दाबते रो पड़ी।

गुरुदास ने घरवाली को बार-बार आँखों से ओढ़नी लगाते देखा तो ऐसे भासा कि धनवन्ती उनकी सयानी उम्र का ध्यान कर रोती है।

—धनवन्ती, तुम्हारे जेठे लड़के के बाल लशकारा देने लगे, अब मैं ही क्या बूढ़ा नहीं होऊँगा ?

एक नहीं, अनेक बीती पुरानी-मीठी बातें आँखों में घूम गईं। रह-रह धनवन्ती अपने सुख-दुःख के साथी के पाँव पर हाथ फेरती रही और रोती रही।

गुरुदास ने पाँव फैला घरवाली की गोद में टिका दिए। फिर लम्बे पल तक धनवन्ती की ओर देखते-देखते हँस दिए—धनवन्ती, जमाने का रूप-रंग बदल गया पर तेरी रावली नाक नहीं !

धनवन्ती ने रुँधे कंठ लम्बी साँस ली—आपका दिया-किया बहुत-कुछ इस झोली में, पर अब पुरानी नाक ही बाकी नहीं।

गुरुदास यह न सुनना चाहते थे। मन-ही-मन सोचा—साथिन भी बूढ़ी भयी। किस नाक की बात उन्होंने की और किस नाक का रोना वह ले बैठी ? खीजकर पाँव

खींचा तो घरवाली के लिए ढेरों नेह उमड़ आया। सिर हिला-हिला कहा—वन्ती, जैसी तुमने निभाई, कोई और क्या निभाएगा ? तेरे कर्मों में ही मेहनत है, साथिन !

अपने मालिक से हमदर्दी पा धनवन्ती छोटी-सी दुलहनिया बन आई। हाथ से माथे का आँचरा ढीला कर धुपैले बाल अन्दर कर लिये और लजाई-सी बोली—मैं किस जोग ? भला हो अपनी सास प्यारी का, जब कभी उलटी राह चलती तो आख्यान कर-कर समझाती—बेटी, इस देह से जितना जस-रस ले लो वही खट्टी कमाई है। वे दिन याद कर कर्त्ता से इतना ही माँगती हूँ कि जो इस कुल की बड़ी सरकार थी, ज़िन्दा रहते उसकी सीख निभा जाऊँ।

सुनकर गुरुदास धनवन्ती से ऐसे एक हुए कि दो हों ही न। जिस स्वर्गवासिनी अपनी माँ की याद कर वह रोए थे वही माँ धनवन्ती को भी याद आई है। छन-भर को तो ऐसा लगा जैसे वे दोनों भाई-बहन हों और संग-संग अपनी बिछुड़ गई माँ को याद करते हों।

—वन्ती !—गुरुदास घरवाली को कुछ कहने जाते थे कि मँझली बहू के कमरे से धौल-धप्पे की आवाज़ सुन सहम गए। धनवन्ती ने हाथ मल-मल लिये। फिर वही मार-पिटाई !

—इन दोनों के हाथों बड़ी दुखी हूँ। यह तो पुराना जूड़ी का ताप है। आज नहीं तो कल, कल नहीं तो परसों। जैसा अभागा अपना सरदारी लाल, वैसी ही खपाने-कलपानेवाली बहूटी मिल गई !

धनवन्ती ने बाहर जा मँझली बहू की दहलीज़ पर से झाँका तो फटे दूध-सी फटक गई। साईं सच्चे, इस मन किसी का बुरा नहीं चेता, फिर यह किन पापों का

फल है ?

उड़े-उड़े, बिखरे बालों में सौदाई-सी मँझली बहू सरदारी लाल से हाथ छुड़वाती थी और तहबन्द कसे सरदारी पटाक-पटाक धौल जमाता था।

पल-भर को हक्की-बक्की धनवन्ती देखती-की-देखती रह गई। फिर जैसे, होश हुआ तो चीखकर कहा—सरदारी लाल !

सरदारी ने सुना नहीं। एक और जमाकर कहा—नज़र नीची करती है कि नहीं ?

मँझली बहू ने ऐसा सबकुछ नहीं किया। बड़ी-बड़ी भूरी आँखों घरवाले का सामना किए रही।

मुँडी हिलाते-हिलाते जैसे धनवन्ती के गले से आवाज़ न निकलती हो—पराई लड़की पर हाथ, सरदारी लाल ? मेरे लिए डूब मरना अच्छा ! मेरे लिए डूब मरना अच्छा !

माँ की ऐसी थर्राती-काँपती आवाज़ सुन सरदारी के कड़ेकड़ैत चेहरे पर बेकसी पुत गई। दोनों बाँहें हवा में उछाल कड़वे गले कहा—यह कूड़ा मेरे भाग था ! इससे कोई चूड़ी-चमारन अच्छी थी।

धनवन्ती ने झपटकर हाथ से टोक दी—चुप, बुरे माथेवाले ! तेरी घरवाली न हुई कि बैरिन हो गई... छिः-छिः !—

फिर पास आ बहू की पीठ पर हाथ रखा और पुचकारकर कहा—समित्रावन्ती, इसे जिद चढ़ी है तो तू ही आँख नीची कर ले। बेटी, मर्द मालिक का सामना हम बेचारियों को क्या सोहे ?

बहू ने बिफरकर और सिर ऊँचा कर लिया और पहले की-सी ढिठाई से सामना किए रही।

सास ने फिर बहू की मिन्नत की—बेटी ! मेरा बस

चले तो ऐसे नालायक बेटे के माथे न लगूँ। बेटी, अब तू ही कोई राह निकाल !

बहू की काजल-खिंची भूरी आँखों में और चमक आ गई। हाथ पटका, पलकें झपका कहा—माँजी, बेटे की चिन्ता में तन न सुखाओ, इसकी करनी आप ही इसे काले पानियों भिजवाएगी !

झपाटा मार सरदारी ने फिर कलाई पकड़ ली—पहले तो तुझे उस दरगाह पहुँचाऊँगा न।

माँ ने बेटे को परे ठेल बहू की बाँह खींची और बाहर जाते-जाते बोली—मरी माँ का मुख देखे, सरदारी लाल, जो तू यह दहलीज लाँघ बाहर आया !—फिर बड़े बेटे को आवाज दी—बनवारी बेटा, ज़रा बाहर तो निकल !

माँ के संग मँझली बहू को देख माथा ठनका—क्यों, माँ ?

—बनवारी, तेरा भाई गुस्से में सौदाई हुआ बैठा है, चल के उसे ठंडा तो कर, बेटा...

जेठे बनवारी लाल ने एक नज़र भौजाई को देखा और रौबीले गले घरवाली से कहा—सुहाग, मँझली को ले अन्दर जा बैठ, और आप सरदारी के कमरे की ओर बढ़ चला।

सुहाग ने सास को पलंग पर बैठा दो पीढ़ियाँ खींच लीं और देवरानी का हाथ पकड़ लाड़ से कहा—बहन मित्रो, संझा तक तो तुम अच्छी-भली हँसती-खेलती थीं...

धनवन्ती ने हाथ से बहू को बर्ज दिया—बात कोई करने-हिलाने की नहीं, बहू...अपने घर के भाँडे ही बुरे !

मँझली ने एक बार खुली-उघड़ी आँखों नई की ओर देखा फिर चुटिया खोल बालों की सुइयाँ-क्लिप उतार-उतार नीचे फेंकने लगी।

ताक पर से कंघा उठा सुहाग मित्रो के पीछे जा बैठी। कंघी से गुँजल उतारे और बाल गूँथ दिए।

धनवन्ती की छाती पर से अंगुल-भर का बोझ सरक गया, दिल की भली बनवारी की बहू सच में अकलवाली है।

उठ बाहर आई और दरवाज़े में से दोनों भाइयों को एक संग देख आँखें झुका लीं। राम-राम ! ऐसी कलह में भी निगोड़ी ये आँखें अपने बेटों के ऊँचे-लम्बे कद देख अघाती नहीं !

—बनवारी लाल, तू आप सयाना है। यह भले घरों की चालें नहीं। सामने खड़ा है, साफ-साफ पूछ ले इससे, यह रोज़ की जूत-पाजारी अच्छी नहीं।

सरदारी ने आँख उठा माँ की ओर नहीं देखा। छत की ओर तकते-तकते ओठ भींचे रहा।

—बरखुरदार, मैंने भी एक नहीं, दो-दो ब्याही हैं पर कभी ऐसी नौबत नहीं आई। तेरी ही घरवाली आए दिन क्यों बिफरती है ?

सरदारी ने इस बार बेबसी से हाथ हिला दिए—क्या बताऊँ, भाऊ, इसके मिरासियों-से यह चलन...

—बनवारी लाल, यह उलटी बुद्धवाला क्या बकता है ? मेरी बहू की तुलना जात-कमजात से ?

सरदारी ने अपनी कौड़ियों-सी आँखें माँ की ओर फिराईं—अम्मा, मेरी बात पल्ले बाँध ले, यह नूरमहलन इस घर का नाम-धाम सब ले डूबेगी या फिर मुझे ही काले पानियों भिजवाएगी।

जेठा भाई क्या समझा, वही जाने। माथे की नसें फड़कने लगीं। रूखे कंठ माँ से कहा—माँ, तुम बापू के पास आ बैठो।

आज्ञाकारी बनी धनवन्ती तुरन्त ऐसे उठी कि माँ नहीं, बेटे की बेटी हो ! द्वार तक जाकर पलटी और मिन्नत-जैसे स्वर में कहा—छोटे भाई को कोई अच्छी मत देना, बेटा।

धनवन्ती अन्दर आई तो गुरुदास की आँख लग गई थी। हाथ लगा पिंडा छुआ। फिर बत्ती बुझा बिछौने पर बैठी-बैठी फिकरों में गोते खाने लगी, इस पकी देह का क्या भरोसा ! आज है, कल नहीं। पीछे चिल्लाती-झीखती यह गृहस्थी छोड़ जाएगी। जहान हँसेगा इस धनवन्ती पर और देवता-से सीधे मेरे धनी पर !

बैठे-बैठे ऊँघने लगी कि आँख खोल देखा, सुहाग पैताने बैठी है—खैर तो है, सुहागवन्ती !

सास के निकट ही सुहाग फुसफुसाई—आपके बड़े बेटे ने बहन मित्रो को बुला मुझे बाहर कर दिया। मालिक अच्छी करें !

—बहू, बड़ा बेटा मेरा इतना पारखी है पर यह तत्ती मित्रो उसका भी डर नहीं मानती।

सुहाग बैठी-बैठी सास के पाँव दाबने लगी तो धनवन्ती ने सिर हिलाया—शाबाश है बेटी, तेरी शाबाश ! बनवारी की ओर से तो बड़ी सुरखरू हूँ। धन्य है तेरी माँ जन्मनेवाली जिसने तुम्हें जन्म दे इस घर के लिए ऐसा धर्म कमाया।—फिर बहू का हाथ छूकर कहा—सुहागवन्ती ! मँझली की तो बात एक ओर पर तेरी छोटी देवरानी के क्या रंग-ढंग ? मन-ही-मन झुरती हूँ। सारा लोक-जहान छोड़ कहाँ माथा लगा बैठी ? सगे-सम्बन्धी दबे-दबे कहते थे, इस देश-दिशा का पानी अच्छा नहीं पर मैं ही घर की दात देख भरम गई।

नई उठ घड़ी-भर को बाहर गई। लौटकर सास से

कहा—अन्दर मँझली के हँसने की आवाज़ आती है, माँ जी !

धनवन्ती ने आगे सुना नहीं। बहू का हाथ झटक धनी को झकझोरकर जगाया—उठो, जी ! आज इन लड़कों के हाथों बहू की खैर नहीं !

गुरुदास हड़बड़ा उठे—अरे, आधी रात क्या झमेला है ? कुछ बताओ तो !

धनवन्ती ने सहारा दे बिछौने से उठाया और सरदारी को दरवाज़े पर ले आई।

—अरे धनवन्ती के पुत्रो ! लोक-जहान सो गया, तुम किन टंटों में ?

भिड़ा किवाड़ खुला तो गुरुदास देखते के देखते रह गए।

मँझली बहू नंगे सिर बैठी चारपाई पर हिन-हिन हँसती थी और बड़ा लड़का बनवारी छाती पर हाथ कसे खड़ा-खड़ा दाँत पीसता था।

गुरुदास गरजे—सरदारी लाल, तेरे होश ठिकाने हैं ? बहू से कह, कपड़ा करे !

बाघ की झपट से सरदारी लाल घरवाली की ओर झपटा कि कड़ी मूठ से बनवारी ने बीच में ही रोक दिया।

गुस्से के मारे गुरुदास थर-थर काँपने लगे—तेरे नालायकों को तो बाद में समझूँगा, धनवन्ती, पर यह कह कि उघड़े माथे इन जल्लादों में बैठी तुम्हारी बहू क्या करती है ?

बड़े बेटे ने बड़ी आज़िजी से माँ की ओर देखा और हाथ से रोककर कहा—कुछ न कहलवाओ, अम्मा, इससे कुछ न कहलवाओ ! इसके बोल एक बन्द भी बापू ने सुन लिया तो इस घर में सवेरा न होगा।

—हरे राम ! हरे राम, बनवारी लाल, ऐसा भी क्या अन्धेर ? सुनने को जो तुम्हारे बापू नहीं सुन सकते, उसे सुनने को मैं अभागिन ही क्या ज़िन्दा हूँ ?

बड़ी बहू ने सास की मिन्नत की—अम्मा, बापू को कमरे में लौटा ले चलो। यह नहले-दहले उनके बस के नहीं !

धनवन्ती ने पति की बाँह थाम ली तो गुरुदास ने सिर हिला-हिला कहा—यह कलजुग है, कलजुग ! आँख का पानी उतर गया तो फिर क्या घर-घराने की इज्जत और क्या लोक-मरजाद ?

सास-ससुर को समझा-बुझा सुहाग बाहर आई तो किवाड़ में से दोनों भाइयों को गुमसुम खड़े देख सहम गई।

अन्दर जा मित्रो से कहा—मित्रो बहन, काहे का झंझट-बखेड़ा है ? देवर जो कहता है, वह मान।

मँझली ने पहले सरदारी की ओर देखा फिर बनवारी की ओर आँखें चमका दीं—अरी मेरी सयानी जेठानी, तुम क्या जानो यह किस्से प्रीति-प्यार के !

बनवारी से सुना नहीं गया। भाई का हाथ पकड़ बाहर खींचते हुए कहा—मँझली को अपने कमरे में सुला ले, सुहाग।

दोनों भाइयों ने जा साथवाले कमरे का किवाड़ भिड़ाया तो मँझली माथे पर हाथ मार हँसी—बुरे माथेवाले ! मर्द जन होते तो या चटखारे ले-ले मुझे चाटते या फिर शेर की तरह कच्चा चबा डालते !

सुहाग ने देवरानी की ओर ताका नहीं। खटिया खींच बिछाई और लिहाफ़ डालकर बोली—बहन मित्रो, घनी रात गई। अब चिन्ता-जंजाल छोड़ तनिक आराम कर लो।

मित्रो ने ओठ बिचकाए—चिन्ता-जंजाल किसको ? मैं तो चिन्ता करनेवाली के पेट ही नहीं पड़ी।

छिः-छिः ! सुनकर सुहाग के कान जलने लगे। मित्रो उठ खटिया के पास आई। पहले लिहाफ़ उठाया, खेस टटोला, फिर उलट-पुलट सिरहाना टटोल बोली—जिठानी, तुम्हारे देवर-सा बगलोल कोई और दूजा न होगा। न दुःख-सुख, न प्रीति-प्यार, न जलन-प्यास...बस आए दिन धौल-धप्पा...लानत-मलामत !

एकाएक आँखों में कोई मद उतर आया। खींच गले की ओढ़नी उतारी। कुरता, फिर सलवार उतार परे फेंक दी और हँस-हँस बोली—बनवारी कहता है, मित्रो, तेरी देह क्या निरा शीरा है—शी-रा ! उस नास-होने से कहती हूँ...

—अरे, इसी शीरे में तेरी जान को डंक मारते सर्पों की फौजें पलती हैं !

नई बहू का चेहरा काला-स्याह पड़ गया, कानों पर हाथ रख कहा—हाथ जोड़ती हूँ, देवरानी, मेरे सिर पाप न चढ़ा !

मँझली फटाक बिछौने पर सीधी लेट गई। ऊपर कुछ ओढ़ा नहीं। देख सुहाग के बदन सुइयाँ चुभने लगीं। इस कुलबोरन की तरह जनानी को हया न हो तो नित-नित जूठी होती औरत की देह निरे पाप का घट है।

रज़ाई खींच मुँह-सिर लपेट लिया।

मित्रो ने आवाज़ दी—टुक आँखें खोल, इधर तो निरख, जिठानी !

नई ने मुँह ढँके-ढँके झिड़की दी—इन भाइयों के कान बड़े पतले हैं, री ! सुन लेंगे तो...

मित्रो लेटी-लेटी इतराई—सुन लें, इससे क्या डरती

हूँ ?—फिर जिठानी से कहा—बहनेली, इतनी-सी बात मेरी रख लो। बस !

सुहाग ने खीजकर एक बार आँख खोल दी।

सिर उठाया—क्या है, री ?

मँझली लेटी-लेटी उठ बैठी। हाथों से छातियाँ ढँक मग्न हो कहा—सच कहना, जिठानी सुहागवन्ती, क्या ऐसी छातियाँ किसी और की भी हैं ?...

सुहाग का तन-बदन फुँकने लगा। बिछौना छोड़ पास आई और अपने माथे पर दोहत्थी मार बोली—फिटक जोगी, मरे पीछे पता भी न पाएगी कि कभी तू जीती भी थी ! दिन-रात घुलती इस औरत की देह पर तुझे इतना गुमान ? अरी, लानत तुझ पर ! घर-घर तेरे-जैसी काली-मकाली औरतें हैं। उनके भी तुझ-जैसे ही दो-दो हाथ हैं, पाँव हैं, आँखें हैं और यही तुझ-जैसी दो छातियाँ ! क्या तू ही अनोखी इस जून पड़ी है ?

मँझली ने निर्लज्जता से बाँहें फैला दीं—मैं सदके-बलिहारी ! अपने जेठ की सती-सावधी नार पर ! जिठानी, मेरे जेठ से कह रखना, जब तक मित्रो के पास यह इलाही ताकत है, मित्रो मरती नहीं।

भले स्वभाववाली बनवारी की बहू एकाएक रणचंडी बन आई। कड़ककर कहा—चुप री धर्म-पिट्टी ! उठकर कपड़े पहन, नहीं तो मुझसे बुरा कोई न होगा !

जिठानी का गुस्सा देख मित्रो ने हँसते-हँसते लीड़े पहर लिये तो सिर हिला-हिला सुहाग जैसे अपने से ही कहती चली—ऐसा पाप-वरत गया कि डोले में लाई, परणायी बहू के ये हाल-हीले ! हे जोतोंवाली देवी ! इस घर की इज़्ज़त-पत रखना !

फिर आँखें फैला मित्रो से कहा—देवरानी, तेरी

किस्मत बुरी थी जो तू आज इन भाइयों के हाथों बच निकली। मर-खप जाती तो तू इस जंजाल से छूटती और वे भी सुरखरू हो जाते। फिर ठुड्डी पर हाथ रख बुरे मुँह पूछा—सच-सच कह, देवरानी, तू इस राह-कुराह कैसे पड़ी ?

मित्रो झिझकी-हिचकिचाई नहीं। पड़े-पड़े कहा—सात नदियों की तारू, तवे-सी काली मेरी माँ, और मैं गोरी चिट्टी उसकी कोख पड़ी। कहती है, इलाके के बड़भागी तहसीलदार की मुँहादरा है मित्रो। अब तुम्हीं बताओ, जिठानी, तुम-जैसा सत-बल कहाँ से पाऊँ-लाऊँ ? देवर तुम्हारा मेरा रोग नहीं पहचानता।...बहुत हुआ हफ्ते-पखवारे...और मेरी इस देह में इतनी प्यास है, इतनी प्यास कि मछली-सी तड़पती हूँ !

सुहाग फटी-फटी आँखों देवरानी को ऐसे तकती रही कि पहली बार देखा हो, कि नाक-नक्शा ध्यान में न आता हो, सिर हिला फीके गले कहा—देवरानी, इन भले लोकों को भुलावा दे तुम्हारी माँ ने अच्छा नहीं किया। तब एकाएक मुँह तमतमा आया—देवरानी, बहू-बेटियों के लिए तो घर-गृहस्थी की रीति ही लच्छमन की लीक। जाने-अनजाने फलाँगी नहीं कि...

मित्रो ने कानों पर हाथ दे आँखें नचाईं—ठोंक-पीट मुझे अपने सबक दोगी तो मैं भी मुँडी हिला लूँगी, जिठानी, पर जो हौंस इस तन व्यापी है...

सुहाग से सुना नहीं गया तो हाथ से टोक दिया—बस, देवरानी !

मित्रो ने सिरहाने पर सिर रखा और आँखें मींच अपने को समझाया—मित्रो रानी ! चिन्ता-फिकर तेरे बैरियों को ! जिस घड़नेवाले ने तुझे घड़ दुनिया का सुख

लूटने को भेजा है, वही जहान का वाली तेरी फिकर भी करेगा !

बन्द आँखों में बनारसी का यार नयामत थानेदार दीख पड़ा। ऊँचा-लम्बा, मुच्छल। पहले पास खड़ा-खड़ा हँसता रहा फिर कड़ककर कहा—अरी ओ सुभान कौर ! उठकर बैठ ! देखती नहीं, कौन आया है !

—मेरी तरफ से काला चोर आया है। जरा जर के नयामत राय, यह तेरा थाना नहीं, मेरी चौकी है !

नयामत ने बाँह बढ़ा ओढ़नी खींच ली।

—बस...बस...बहुत हुआ ! पड़ी रहेगी और चौकी लुट जायेगी !

मित्रो ने खुश हो बाँहें फैला दीं—वाह रे कमज़ात बिल्ले, मलाई देख मुँह मारने आया है !

रजाई परे जा गिरी तो सुहाग ने घुड़की दी—ख्याली घोड़े न दौड़ा, देवरानी, सीधी तरह सो जा। अबकी हिलते देखूँगी तो...

मित्रो कुलबुलाई। जी तो हुआ, जिठानी से कहे, जिस भड़वे की सूरत-मूरत मेरे तन-मन में बसी है उस पर तेरा क्या जोर ? पर सोचा, जिठानी मेरी ज़रूर धर्म-सतवाली है। नहीं तो क्योंकर जान लेती कि मैं पड़ी-पड़ी नियामत से जवाब-सवाल करती हूँ !

मित्रो ने भिनसरे आँख खोली तो जिठानी के बदले सास को पास बैठे देख रात की सारी कथा-वार्ता याद हो आई। चमककर बाँहें फैलाईं, अलसाई-सी अँगड़ाई ली और सास को ऐसे घूरा जैसे आँख-ही-आँख में हँस-हँस कहती हो, सासु जी, जवानी कहीं से माँगकर तो नहीं लाई।

आँखें मटका ढिठाई से कहा—मुँह अँधेरे यहाँ कैसे,

माँ जी ? मित्रो बिचारी अगले जहान तो नहीं चली कि उसका दीवा-बत्ती करवाने आई हो ?

धनवन्ती कई छिन बहू की ओर तकती रही, फिर सिर हिला बोली—बेटी, मुझ कर्म-जली के ऐसे भाग कहाँ ? इज़्ज़तमान से तेरा साईं तुझे भू पर उतारता तो मैं भी अपनी समित्रारानी को दिल खोलकर रोती, पर फूटी किस्मत मेरी, वह दिहाड़ा मुझे देखना न बँधा था।

—दिन-दहाड़े अभी बहुतेरे आएँगे, माँ जी, सारी चिन्ता-सोग आज ही न निपटा लो।

चौके से सुहाग की हाँक सुन धनवन्ती उठ बैठी और जाते-जाते माथे पर हाथ मार बोली—लख लानत है, बीबी मुझे, जिसने तुम्हारी माँ से माथा लगाया !

मित्रो कुछ कहने जाती थी कि द्वार पर जेठ की ऊँची परछाईं देख ठिठक गई। कल रात की बात याद कर मसखरी से छोटा-सा घूँघट निकाल बोली—जेठ जी, अपनी जिठानी के तूल तो मैं कहाँ पर एक नजर इधर भी...

सुना-अनसुना कर बनवारी लाल परत गए कि सुहाग ने आ देवरानी से कहा—तावली-तावली नहा-धो आई, मँझली। छोटी का जी अच्छा नहीं। मैं घर-अँगना बुहार लेती हूँ, तुम चौके की सँभाल लो।

—मैं मर गई, जिठानी ! यह पापड़गिरों की फूलाँ आए दिन स्वांग रचती है। खाने को दिन में चार दोने मिठाई और रात आधा सेर पक्के दूध में जलेबियाँ !

सुहाग ने सिर हिलाया—न...न...देवरानी, उसे झूठा दोष न दे, उसका तन ठीक नहीं !

मँझली ने आँखें नचाईं—आज हड्डी टूटती है, आज माथा फटता है, आज कमर दुखती है, आज दिल छिपता है...

सुहाग ने टोका। फूलावन्ती को आज सच ही दन्दल पड़ी है, देवरानी। देह उसकी काठ-सी अकड़ी पड़ी है।

—लाडो को क्या दिन चढ़े हैं ! फूलावन्ती का तन ठीक रहे तो, बहन मेरी, वह पापड़गिरों की लड़की कैसी ? मुटियार तो पक्की, ऐसे-ऐसे पापड़ बेल ले कि मर्द को पता न पाने दे कब कपड़ों से होती है।

सुहाग का जी तो हुआ खुलकर हँस ले, पर गम्भीर बनी रही। पुचकारकर कहा—उठ, मेरी बहना, जल्दी नहा-धो आ।

मित्रो ऐसे उत्साह से उठी कि सोलहवाँ लगा हो। आँगन में घरवाले को देखा तो और भी इतराई।

—मैं अभी मरी नहीं हूँ, चन्न जी, जिन्दा हूँ।

जवाब में सरदारी ने कसे-कसाए तेवर दिखा दिए तो लापरवाही से बाँह हिला, मुँह चिढ़ा कहा—मेरी भी बोलेगी बला !

और नहान-घर में जा घुसी।

नहा-धो आई तो जिठानी चौके में बैठी पराठे सेंकती थी। सासरानी लड़कों के संग बापू के कमरे में बैठी कोई खिचड़ी पकाती थी।

उमंग में चलती-डोलती मित्रो फूलावन्ती के कमरे में आई तो देवरानी की बेहोशी टूट चुकी थी। पास बैठा देवर गुलजारी लाल फूलाँ के हाथों की तालियाँ झसता था।

मँझली दिल में हँसी। ऊपर से देवरानी को चुमकारकर कहा—हाय-आय ! फूलावन्ती, इस कच्ची उम्र तू कैसे-कैसे रोग लगा बैठी ! यह बेहोशी नास-होनी तो देह का सारा रक्त चूस लेती है !

फूलाँ ने उलाहने से गुलजारी की ओर देखा और निढाल-सी बाँह फैला कहा—बहन, कोई सुने भी !

कह-कह हार गई। मुझमें हिम्मत-आँगस नहीं, पर घरवाले तो समझें मैं मचल मार लेटी हूँ। कैसे बताऊँ कि मेरी जान को धड़की का रोग लगा है।

—धड़की ?...क्या कहती हो, देवरानी ? यह तो नामुराद राज-रोग है !—फिर देवर की ओर देखा—गुलजारी लाल, काम-धन्धा छोड़ मेरी देवरानी की दवा-दारू करा, नहीं तो बाँकी नार हाथ से गँवा लेगा।

भौजाई सीख देती है कि बोली मारती है, गुलजारी लाल कुछ समझा नहीं। बिट-बिट तकता चला।

फूलाँ ने लेटे-लेटे गबरू पर तीर फेंका—मेरे मरने-जीने की किसी को क्या परवाह ?

मित्रो ने पास आ फूलाँ की छाती पर हाथ रखा और सिर हिला बोली—गज़ब है, देवर, गज़ब ! बेचारी का कलेजा क्या धड़कता है, आसमानी उछलता है ! फड़क...फड़क...

गुलजारी का चेहरा 'फक्क' रह गया। घिघियाते हुए पूछा—डरवाली बात तो नहीं, भौजाई ?

—डरवाली ? गुलज़ारी लाल, इस धड़कन से कोई बचता है ! यह जान-लेवा बीमारी तो प्राण लेकर ही रहती है ! फूलाँ रानी को मोती मुरब्बे खिला, देवर, और इलाज करवा इसका हकीम नादिरशाह से।

गुलजारी ने हाथ बढ़ा फूलाँ की बाँह छुई कि बेचारी हुड़क-हुड़क रोने लगी—इस रोग से मैं नहीं बचती ! अरे, कोई वैद्य-हकीम बुलाओ !

मित्रो पहले खड़ी-खड़ी देखती रही, फिर देवर को आँख मार हाथ से ताली बजा दी—मान गई, फूलाँ रानी, मान गई ! गुलजारी, तेरी इस बन्नो को न धड़की है, न कोई दर्द, न कमज़ोरी। यह तो गले-गले गहरे चरित्र हैं।

गुलजारी देवर, तुम मिट्टी के माधो बने रहे तो एक दिन तुम्हारी अकल-बुद्धि सब चुरा ले जाएगी यह चोट्टी !

घायल शेरनी-सी फूलाँ गला फाड़-फाड़ दहाड़ने लगी—जो मेरे रोग-बीमारी झूठ माने उसके अपने नैन-प्राण दुखें ! दर्द-पीर से कालजा फटे !

मँझली ने घुड़की दी—चुप री, फूलाँ ! यह झूठ-मूठ के रोग छोड़, मर्द का बच्चा जन !

नहले-दहले ख़त्म होते न देख धनवन्ती अन्दर आई। तेवर चढ़ा बहुओं को घूरा और लड़के को उलाहना दे बोली—बेटा, पास बैठाल इन दोनों की कलह-कलत्र सुन रहा है ? मँझली तो जबान-छुट है, तू ही अपनी को समझा !

गुलजारी ने बेबसी से सिर हिला तत्ते-जले कहा—फूलाँ का दोष हो तो उसे कुछ कहूँ। जब भौजाई आप ही मुँह लगे, आप ही गले पड़े तो...

मँझली ओठों को मरोर दे हँस दी।

—वाह रे निन्दक ! गुलजारी लाल, मैं तो समझी थी, औरत के साथ ढुक तू अब मर्द बन गया होगा...

धनवन्ती ने बीच में ही डपट दिया—चुप कर, बहू, कंजरोंवाले फक्कड़ न तोल ! जबान काबू में रख !

मँझली ने आँखों-ही-आँखों में देवर को बेपर्द कर दिया और सिर हिला बोली—काका गुलजारी, माँ की इतनी-सी घुड़की से डर गया ? तू तो चोखा गबरू जवान है, फूलावन्ती क्या तेरे संग...

छिः...छिः...धनवन्ती के बदन पर काँटे उग आए।

—मेरी आँखों से दूर हो, बहू !—और धनवन्ती ने आँखों पर हाथ रख लिया।

मित्रो अंगुल-भर और ऊँची हो आई। सास को आँखें

न खोलते देख कहा—खोल लो, माँ जी, आँखें खोल लो ! घुड़की सुन क्या मैं यहाँ से टल जाऊँगी ?

धनवन्ती ने फूलाँ की ओर मुँह फेरा—फूलावन्ती, जी कुछ ठिकाने हुआ ? कुछ खाया-पीया ?

—मैं तो भली-चंगी हूँ, माँ जी ! मुझे कोई दुख-रोग नहीं...मैं तो लेटी-लेटी स्वाँग रचती हूँ !

धनवन्ती समझ गई, छोटी बहू मित्रो के बोल दोहराती है।

—फूलावन्ती, जिसे बोली-ठोली का अमल हो, बोल-कुबोल का परहेज न हो, उसके कहे का तू भरम करेगी ?

फूलावन्ती गुस्से से चमककर उठ बैठी—मेरी जिठानी को किसने सिर चढ़ा रखा है, सो मैं जानती हूँ, माँ जी ! मुँह में जो आता है, बोलती है, किसी की शह पर ही न !

मँझली ने देवरानी से और ठठा-मज़ाक किया—फूलाँरानी, अपनी गऊ-सी सास के आगे ज़हर-भरे फुंकार न मार। रात तो तू मारे मौजें और दिन में छेड़े महाभारत !

धनवन्ती ने फूलाँ को समझाया—बेटी, जिठानी के मुँह न लग। कुछ खा-पी, आराम कर।

फूलावन्ती बिना डंक तड़प उठी—यह मीठी-मीठी बातें रहने दो, माँ जी ! जिस दिन से इस घर में पाँव रखा है, मेरी जान को बन आई है। मुझसे सब जलते-भुनते हैं। मेरे बाबुल-भाई धनवान साहूकार हैं तो...

मित्रो ने देवर को आँख मारी—ओ-हो ! धनी-साहूकार क्यों, फूलाँरानी, यह क्यों नहीं कहती कि राजे-महाराजे हैं ?—फिर दाँत निकाल, सिर हिलाया, मुँह बिचकाया—देवरानी ! चार छाज बड़ियाँ और चार छाज पापड़, यही

है न तेरे पीहर का साहूकारा ?

फूलावन्ती पटाक चारपाई से नीचे उतर आई। एक बार जलती निगाह से घरवाले को देखा, फिर चारपाई की बाँही पर माथा पटक-पटक ऊँचा-ऊँचा रोने लगी—मैं सब जानती हूँ, बैरी मुझे इस घर बसने नहीं देते ! मेरे गहने-गट्टे पर जो आँख है !

अपमान-गुस्से से धनवन्ती थर-थर काँपने लगी—बहू, तेरी अक्ल-बुद्ध तो ठिकाने हैं ?

फूलाँ ने गुलजारी के दरबार में फरियाद की—अब अपनी आँखों देख लो, तुम्हारी माँ-भौजाई मुझे कैसे फाड़-फाड़ खाती हैं ! मैंने आज तक बड़ा सब्र रखा है, पर कान खोल सुन लो, मैं अपनी सिंगार-पट्टी न छोड़ूँगी !

धनवन्ती के ओठों में बोल अटकने लगे—बहू, तेरे मन ऐसी बेऐतबारी ? मेरा तो जीते-जी मरन ! घर सबका साँझा पर यह तेर-मेर क्या ? फूलावन्ती ! मैं क्या तुम्हारी पराई हूँ ?

—अपने-पराए की बात नहीं, माँ जी, मेरे गहने की कहो।

धनवन्ती ने बेबसी से इमदाद के लिए बेटे की ओर देखा—बेटा, तेरे सामने यह चौढ़ ? इसे समझाएगा नहीं ?

गुलजारी ने माँ से नज़र नहीं मिलाई और बिना कुछ कहे-सुने उठ बाहर चला गया।

बेटे का रुख देख धनवन्ती मन-ही-मन कच्ची हो आई। गुस्सा सँभाल सयाने कंठ से कहा—बेटी, बनवारी की पहली बहू की पाऊँचियाँ तेरी वरी में ढोई थीं, फिर तेरी सिंगार-पट्टी सुहाग को देकर मैंने कौन जुल्म कर लिया ? फूलावन्ती, घर-गृहस्थी के तो सभी जोड़ बन्द हैं।

ऐसी बैर-विरोध की बातें बहुओं को नहीं सोहतीं।

फूलावन्ती तेज़-तर्रार लड़ने को बिल्कुल तैयार—मेरी माँ के दिए गहने-कपड़े कोई क्यों ले ? क्यों बाँटे ? कोई लूट के हैं ?

धनवन्ती सन्नाटे में आ गई। सिर हिला-हिलाकर कहा—बहू, कुछ तो लाज-लिहाज़ रख। देखते-सुनते क्या कहेंगे ?

—मेरी ओर से पूरा जहान सुने ! जिस अभागी का गहना-बट्टा लुटता हो, वह मुँह पर ताला लगा ले ?

मँझली ने सिर हिला-हिला खूब मज़ा लिया। फूलावन्ती की पीठ पर थापी दे कहा—शाबाश, देवरानी, शाबाश ! इस चिट्टे सिरवाली की तुमने अच्छी बात की है ! पर इतना जान ले, देवरानी, मैं जो तेरे मर्द की माँ होती तो, रानी, तेरे इस पिदके-से सिर पर एक बाल न रहने देती !

फूलाँ के मन उबाल तो ऐसा आया कि जिठानी का झोंटा नोच ले पर जाने क्या सोच ग़म खा गई। धम्म से अपनी चारपाई पर बैठकर कहा—जिसे अपनी इज़्ज़त-पत्त प्यारी हो, वह सीधे-सीधे अपनी राह पकड़े। न मैं किसी से अड़ंगा लगाऊँ न कोई मेरे संग अड़फड़ करे।

मँझली तमाशबीन बनी बारी-बारी से सास-बहू की ओर देख हँस दी—फूलाँरानी, मैं बुरों-की-बुरी मशहूर थी, पर, लाडो, तू भी चोखा नाम कमाएगी !

धनवन्ती का जी भर आया। सदा जिसे कोसती-फटकारती हूँ, उसने सास का साथ तो दिया। सिर हिलाकर बोली—बहूटियो, मेरे कहे-सुने की मुझे माफ़ी दो। मैं न जानती थी कि मैं इस घर की माँ नहीं...टहलन हूँ...टहलन !

मँझली को सचमुच सास पर तरस हो आया पर ऊपर से ठुनका लगाकर कहा—माँ जी, माँएँ तो आदि-अदन्त से बच्चों की टहलनें रहीं, पर अपनी इस छुटकी बहू की पूजा किस नाम से करोगी ? मेरा बस चले तो, देवरानी, बाँकेबिहारी की जगह फूलाँ प्यारी के मन्दिर की थापना कर दूँ !

सुहाग जो दूर बैठी-बैठी वाक्-युद्ध देखती थी, हारकर पास आई और गुस्सा कर सास से कहा—माँ जी, यह टके-टके की बातें सुनने के बिना क्या जन्म बिरथा चला जाएगा ?

जिठानी के संग सास को जाते देख फूलाँ ने पीछे से आवाज़ दी—भले लिवा ले जाओ सासू जी को, जिठानी, सब माल-मत्ता जो तुम्हें ही मिलना है ! पर मेरे सिर के गहने तो दया करके मुझे लौटा दो !

सुहाग पलटकर देवरानी के पास चली आई और गम्भीर स्वर में बोली—देवरानी, ताने-तेवर एक तरफ, पर क्या सौंह खाकर बैठी हो कि घर में किसी का परदा न रखोगी ?

फूलावन्ती थिरकी नहीं—जिनकी नीयत बुरी, उनका परदा मैं क्या रखूँ ? मेरे दहेज के निकाले तीन जोड़े, भारी बनारसी ओढ़नी, सिंगार-पट्टी और माथे का टीका मुझे दिलवा दो तो किसी के साथ न मेरा कोई बैर, न विरोध।

—फूलावन्ती ! बैर-विरोध तो अपने मन का। तुम्हारे जोड़-छल्ले रख मैं राजपाटवाली न हो जाऊँगी, देवरानी ! यह तो कुटुम्ब-कबीले का व्यवहार समझो।

फूलाँ ने कसकर बोली मारी—खूब कही, जिठानी ! जो बैठे-बैठे दूसरों के माल हथिया ले उसके लिए तो यह हुआ व्यवहार और जो बेचारा खो बैठे उसके लिए

लूटमार !

सुहाग को सचमुच दुःख लगा। हाथ से मनाकर कहा—न-न, छोटी बहू, चटाक-पटाक तुम्हारे वाजब नहीं !

—वाजिब-नावाजिब की भली पूछी है, जिठानी ! कौन धर्म-लकीर खिंची है ? जो माल-मत्ता मेरी माँ का दिया है, वह कायदे-कानून से किसका है, यह भी तो कहती जाओ !

नई रुकी नहीं। गई और हाथ में दोनों गहने लिए लौटी और देवरानी के आगे कर कहा—लो फूलावन्ती, अपनी वस्त सँभालो !

फूलाँ ने दिल की खुशी दिल में ही छिपा ली। टीका और सिंगार-पट्टी हाथ में उलट-पलट देखे और जिठानी से कहा—बहना, जब इतनी ऊँच-नीच हो ही गई है तो मेरे लीढ़े और दिलवा दो ! टंटा ही ख़त्म हो।

मँझली ने फूल बरसाए—फूलावन्ती, तेरी इस बगीची का टंटा क्या कभी ख़त्म होनेवाला है ? अरी, जान रख, जब तक दिल यह तेरा कँगला तब तक झगड़े-फिसादों में ही झीखती-कलपती रहेगी, रानी !

सुहाग जिन पैरों आई थी उन्हीं पैरों वापस चली गई तो मँझली ने आँख मार देवरानी से कहा—फूलावन्ती, बधाइयाँ ! आज तो रण का सेहरा तेरे माथे ! अब छुटकी, ज़रा ढोल बजवा और हाथ से हल्वा-पूरी कर।

फूलावन्ती मँझली की बोली-ठोली सब घोल-घाल के पी गई और आस लगाए सुहाग के लौटने की राह तकने लगी।

सुहाग की बाँह पर रखे अपने जोड़े देख फूलावन्ती का ऐसा जी तृप्त हुआ कि सात तीर्थ नहा लिये हों।

मित्रो ने सुहाग को बीच ही में रोक जिठानी के हाथ

से कपड़े छीन लिये—जिठानी, अब इन कपड़ों का हिसाब-किताब मेरे और छुटकी के बीच !

सुहाग ने झिड़का—चुकने दे झगड़ा, मँझली, अब क्या युद्ध छेड़ेगी ?

मँझली ने सिर हिलाया—एक बार छोड़ हजार बार ! इस भुखखी का माथा घूम गया है, जिठानी, जैसे इन जोड़ों के बिना इसके पित्तर न तिरते हों !

तब आँखें नचा फूलावन्ती से कहा—हाथ धो डाल देवरानी, इनसे ! अब अगले जहान लेना !

फूलावन्ती ने तेवर चढ़ा आँखों-ही-आँखों में मँझली को भभकी दी—लौटाती कैसे नहीं ?

आँखों-ही-आँखों में मँझली ने भी कह दिया—नहीं...नहीं...कभी नहीं !

फूलाँ ने मँझली को परखा-तोला, फिर मिन्नत मोहताजी से कहा—बहना, जब लौटानेवाली लौटाती है तो बीच में कूदनेवाली तुम कौन ?

मँझली ने हाथ फैलाया—मैं तेरी जमदूती, बस ! तूने सास से टक्कर ली मैंने माना, पर जिसकी तू जूती-बराबर भी नहीं अब उसकी इज़्ज़त-पत्त उतारने चली है ? अरी, चुपचाप यह गहने अन्दर डाल ले, नहीं तो उनसे भी जाएगी।

फूलावन्ती जवाब में कुछ कहने जाती थी कि जिठानी की टंकार सुन थिर हो गई और चुपचाप सिंगार-पट्टी और टीका ओढ़नी के छोर बाँध खटिया पर जा बैठी।

मँझली ने कपड़े जिठानी की झोली में डाल दिए—तुम्हें सौंह गुरुओं की, जिठानी, जो तुम फूलाँ को लौटाओ ! इस नामुरादन से तो किसी कँगले को दे

डालना।

लड़ाई-झगड़े से सुरखरू हो मँझली अपने कमरे में आई तो सरदारी लाल का उधड़ा पड़ा बिस्तर देख देर तक दोचिती-सी खड़ी-खड़ी दलीलें करती रही। दुखती हड्डियों पर दो-चार बार हाथ फेरा-दाबा, फिर पड़छती पर रखे आईने में अपना मुखड़ा देख हँस पड़ी—मेरा यह बेअकल मर्द-जना यही नहीं जानता कि मुझ-सी दरियाई नार किस गुर से काबू आती है ! मैं निगोड़ी बन-ठनके बैठती हूँ तो गबरू सौदा-सुल्फ लेने उठ जाता है। अरे, जिसने नार-मुटियार को सधाने की पढ़ाई नहीं पढ़ी, वह इस बालो की बलूगड़ी को क्या सधाएगा ?

दरवाज़े पर आ सुहाग ने आवाज़ दी—मित्रो बहन, तनिक चौकस हो, तुम्हें बापू ने बुलाया है !

मँझली छन-भर को कुछ सोचती-सी जिठानी को देखती रही, फिर अपने आपे में आ गई—भले बुलाए बापू भी, मैं क्या किसी से डरती हूँ ?—फिर ठुड्डी पर अँगुली रख ठिठोली की—बड़ा भला लोग है ससुर हमारा। यह तो कहो, जिठानी, आज उस कचहरी मेरी हाज़री क्यों ?

सुहाग ने देवरानी से आँख नहीं मिलाई—बहना, तेरे जेठ-ससुर जबर गुस्से में हैं। कुछ पूछ ताँछ करें तो सहज ही सुन लेना, देवरानी !

जेठ के नाम से मित्रो खिल-खिल आई। आँखें नचा, टोहका दे सुहाग से कहा—जिठानी, तुम्हारे हिये में बसा है वह राजा, नहीं तो उसका जोर, जबर, तेवर, त्योरियाँ सब देख लेती।

सुहाग ने आजिजी से कहा—भगवान् के लिए वहाँ अवा-तवा न बकना, मँझली !...बड़े सयाने जो कहेंगे, सुन लेना !

मित्रो ने सिर हिलाया—हुया, जिठानी, हुया ! मेरे जेठ को दूसरी जगह ब्याही हो तो क्या इसी से मेरी माँ बन मुझे सीख देती जाओगी ?

खड़े हो फिर से दर्पण में चेहरा देखा और सुहाग को गलबाँही दे कहा—चल, मेरे जेठ की टेरन, अब हो जाए पेशी अपने बुढ़ऊ ससुर के दरबार।

दोनों देवरानी-जिठानी ससुर के कमरे में आईं तो धनवन्ती दोनों बेटों-समेत धनी के कमरे में विराजमान थी।

सुहाग सास से ढुक बैठी तो ओठों-ही-ओठों में मुस्करा मित्रो ठसक से घरवाले के पास जा बैठी। धनवन्ती ने बारी-बारी सबकी ओर ताका और बात हिलाने को कहा—समित्रारानी, माथे का कपड़ा तनिक नींवा कर ले, बेटी ! तेरे ससुर-जेठ बैठे हैं !

मँझली ने नई ब्याही के-से नखरे से ओढ़नी माथे के नीचे कर ली और घूँघट की आँख बना इतराती-सी चहकने लगी।

गुरुदास कुछ कहने की कोशिश में रहकर खँखारने लगे, जैसे गले में कुछ अटका हो। बड़े बेटे ने उठ पानी का गिलास आगे किया तो घूँट भर गुरुदास सँभले। पहले धनवन्ती की ओर देखा, फिर बनवारी लाल की ओर सिर हिला बेबसी से बोले—न लो, बड़ी उम्र इस बूढ़े का इम्तहान न लो। मैं बूढ़ा ठहरा, मुझे छुट्टी दो इन लड़ाई-झगड़ों से।

जवान बेटे की जवान खीज से बनवारी लाल पहले चुपचाप बापू की ओर देखता रहा, फिर बापू की बाँह छू हिम्मत बाँधी—बापू, सरदारी को अपनी घरवाली से बैर नहीं जो उस पर झूठी तोहमत लगाएगा।

गुरुदास ने बेटे का हाथ छिटक दिया—ऐसी खुराफ़ात ! कुछ तो सोच-समझकर उच्चरो ! आप ही उघाड़ोगे और आप ही कहोगे नंगे हो ?

गुरुदास ने मँझली बहू की ओर ताका तो वह उन्हें छोटे-से घूँघटवाली कोई छोटी गुड़िया दीखी !

सिर हिला बोला—बरखुरदार, जवानी के जोश में बात का बतंगड़ न बनाओ !

सरदारी ने जलती निगाह बापू को कुछ कहना चाहा तो बापू ने हाथ से रोक दिया—न...न...सरदारी लाल, मैं अन्धा नहीं जो देख नहीं पाऊँगा !

बात बिगड़ते देख, बनवारी लाल उठ बापू के पास आ झुका—दिल-दिमाग़ कायम रखो, बापू, यह समय हेर-फेर करने का नहीं। जिसे समझाना हो समझाओ, जिसे ताड़ना हो ताड़ो।

गुरुदास बेटे की झिड़की से हाँफने लगे और हाँफते-हाँफते लेट गए।

धनवन्ती के मन बड़ा अरमान लगा। जो घर का माथा है वही घर की इज़्ज़त-पत्त रखने को न कहेगा तो दूसरा भला कौन इसे सिर पर उठाए-उठाए फिरेगा ? धनवन्ती सयाने गले समझाकर बोली—बेटा, तुम्हारे बाप का जी राजी नहीं, इनके कहे का भरम न करना। बनवारी लाल, तू भाइयों में सबसे बड़ा है। तू ही पूछ ले अपने भाई-भौजाई से !

सरदारी का कहा-सुना याद कर बनवारी की नज़र नीची हो गई। पूछताछ करने को मन-ही-मन कई मुहावरे दोहराए, फिर भारी-रौबीली आवाज़ में कहा—सरदारी की बहू, मालिक को हाज़र-नाज़र जान के कह दो कि जो तुम्हारे घरवाले ने देखा-सुना है, वह झूठ है।

मित्रो घूँघट में से देख-देख इतराती रही।

बनवारी लाल ने फिर झूठ-सच का निस्तारा करने को भाई से पूछा—सरदारी लाल, यह तेरी ब्याही-परणाई है, तुम ही जी पर हाथ रख कह दो कि यह सब झूठ है।

सरदारी लाल ने सिर झुका लिया। जीते-जी कौन भड़ुवा कहेगा कि बहूटी उसकी नाक-तले चार भाँड़ों में मुँह मारती है ?

बेटे को चुपका देख धनवन्ती ने टींडा दिया—बनवारी लाल, तेरा भाई क्या कहे ? है कोई मर्द-मर्दान जो अपनी ब्याही के ऐसे कुलच्छन देख सके ?

बनवारी लाल ने आवाज़ में टंकार भर इस बार मँझली बहू से पूछा—समित्रावन्ती, सरदारी लाल जिसे सच करके कहता है, तुम अपने मुँह से कह दो कि वह झूठ है।

मित्रो ने छनकार करती बाँह से घूँघट माथे के ऊपर सरका लिया। आँख उठा जेठ की ओर देखा, फिर पलटकर जिठानी की ओर आँखें मटका मिजाज़ से बोली—सज्जनो ! यह सच भी है और झूठ भी।

सुनकर गुरुदास को मानो लकवा मार गया। बनवारी ने आँखें झुका लीं। सरदारी ने बँधी मूँठ छाती पर धर ली।

सिर हिला-हिला सास ने बहू को लानत भेजी—हैयी शाबाश, हैयी शाबाश, ! समित्रावन्ती ! दीन-दुनिया की आँखों में और धूल झोंक। अरी ठगनिया, झूठ और सच तेरा एक, और आशनाई आँखें तेरी दो ! अरी बड़बोली, यह क्यों नहीं कहती कि माँ जन्मनेवाली ने तुझे एक थन से सच्चा दूध पिलाया और दूसरे से झूठा ?

सुहागवन्ती ने सुन दाँत-तले जबान दे ली—ग़म खाने

को तो मित्रो दूसरी बार जन्मेगी !

मित्रो ने रुक-रुककर सबकी ओर देखा, फिर जिठानी को बोली मारी—अरी सास की कुछ लगती ! मुझे तो तोतेवाली रटन रटाकर लाई थी। अब कह कि वह बोलूँ या माँ के दूधवाली पोथी बाँचूँ !

सुहाग ने मँझली के कान में कहा—बहन मेरी, इस घड़ी सुलह-सफाई होने दो। कल की रही कल के साथ, इन बड़े-सयानों को और न जला-कलपा।

छन-भर मित्रो के माथे तेवर चढ़े और उतर गए। चेहरे पर अपनी दिलदारिन माँ बालोवाली कुटिल मुस्कान फैल गई। निःशंक हो नज़र फेंकी और गला ऊँचा कर कहा—जिसे जो पूछना हो, बेधड़क हो पूछे। सात गुनाह मित्रो के पर झूठ की उसे सौंह...

बनवारी ने एक और छोड़ी—जो सच भी है और झूठ भी, सरदारी की बहू, कचहरी के मुकदमेवाली यह तेरी कैसी मिसल ?

सरदारी की बहू को मुँह-माँगी मुराद मिल गई। कटोरी-सी दो आँखें नचाकर कहा—सोने-सी अपनी देह झुर-झुरकर जला लूँ या गुलजारी देवर की घरवाली की न्याई सुई-सिलाई के पीछे जान खपा लूँ ? सच तो यूँ, जेठ जी, कि दीन-दुनिया बिसरा मैं मनुक्ख की जात से हँस-खेल लेती हूँ। झूठ यूँ कि खसम का दिया राजपाट छोड़े मैं कोठे पर तो नहीं जा बैठी ?

गुरुदास लेटे-लेटे उठ बैठे। बहू की जगह लड़कों को डाँटकर कहा—बोधे जवान कहीं के ! तिल का ताड़ बना तरीमत के मुँह लगते हो ? कभी दम-ख़म आज़माना हो तो गली-गलियारे में जूत-पैजार कर लिया करो !

नाक से शूँकार करता सरदारी उठ खड़ा हुआ और

चीखकर बोला—तू छिनालों की भी छिनाल ! आज न माने बापू, पर एक दिन इसके यार और याराने...

मित्रो ने कमर पर हाथ टिका उलाहने से ससुर की ओर ताका और मनुहार से कहा—सुन लिया न, बापू ? कोई माँ-जाई ऐसी गालियाँ सुन चुप रहेगी ?

गुरुदास लड़के पर बरसने लगे—लानत है, सरदारी लाल, लानत है ! तरीमत को सधाने का ढंग-अकल नहीं और ऊपर से यह गुनहगारी !

जानकर कि बाजी उसके हाथ रही, मँझली ने झुक ससुर के पाँव छू लिये और लाड़ से कहा—पाँव पड़ती हूँ, बापू जी ! आज जो ओट आपसे पाई है वह मित्रो के लिए सुरगों से बढ़कर है !...

बूढ़े ससुर की आँखों में धूल झोंक हरमन प्यारी बालो की लड़की मन-ही-मन हँसी। फिर सास-जिठानी, जेठ और घरवाले पर नैनों की तिरछी कटारियाँ चला कमरे से बाहर हो गई।

दिन-भर मंडी में भटका-भटका बनवारी लाल घर आया तो रकाबी लिये सुहाग ससुर को दाल-दलिया खिलाने जाती थी। माथे का कपड़ा आँखों पर खींच लिया और पास खड़े हो बापू को खिलाया-पिलाया। बर्तन उठा, कुल्ला करवाया। फिर पल्ले के छोर से किशमिश-मुनक्के के दाने निकाल ससुर के आगे कर दिये।

गुरुदास ने असीस दिया—जीती रहो, बेटी, सुखी रहो !

बहू दहलीज तक पहुँची तो फिर से टेरकर कहा—सुहागवन्ती बेटी, तेरी सयानफ़ का क्या मूल्य ? तेरे

सास-ससुर ने तुझे पाने को ज़रूर पिछले जन्म कोई अच्छा कर्म किया होगा।

ससुर की बड़ाई से हल्की फूल सुहागवन्ती चौके की ओर निकल गई तो भी गुरुदास पड़े-पड़े सोचते रहे। घर-गृहस्थी के जंजाल में भी मनुक्ख घाटे में नहीं रहता। इस माया में लाख दुःख-सोग पर फिर इसी की खट्टी कमाई बुढ़ापे में काम आती है। बहू को ही देखो, कहाँ की बेटी, कहाँ जन्मी-पली और ब्याहकर किन बूढ़ों की सेवा में जुटी है !

सहसा बेटी जनको की सूरत आँखों में घूम गई। कल इस अँगना डोलती-फिरती थी, आज किसी दूजे घर का चिराग बनी बैठी है। गुरुदास का दिल ऐसा उमड़ा कि उड़कर जाएँ और अपनी लाडली की घर-गृहस्थी देख आएँ। गए सयाले के बाद तो बेटी को बुलावा ही नहीं गया। समधी क्या सोचते होंगे ?

धनवन्ती अन्दर आई तो कहा—भागवान, बहू-बेटों में तुम ऐसी डूबी हो कि लड़की बेचारी की सुध-बुध ही नहीं।

धनवन्ती किवाड़ भिड़ा चारपाई पर लेट गई और थकी-सी बोली—जनको की चिट्ठी आई है, बैसाख में लड़के के मुंडन हैं।

सुनकर गुरुदास मानो अपनी प्यारी बेटी को ही पा गए हों। लाड़ से कहा—धनवन्ती, भगवान की दया से उनके घर का पहला पोता जनको की गोद पड़ा है। ज़रा ढंग का सामान जुटाना।

सोच में डूबी धनवन्ती लेटी-लेटी उठ बैठी—बनवारी लाल बड़े फिकरों में है। मंडी का देना चार-छः दिन में न चुकाया तो...

गुरुदास के मुख पर से चाव-भरी हँसी पल-छिन में गायब हो गई। सहमी-सहमी आँखों घरवाली को देखते रहे। फिर मानो अपने को तसल्ली देने को कहा—छोटी-सी बात को बड़ी बनाकर कहने की तेरी पुरानी आदत। जो मंडी का व्यापार करेगा, उसी के सिर देना भी चढ़ेगा और उसी की हथेली के जोर से उतरेगा भी।

धनवन्ती ने सिर हिलाया—न-न, लड़के का मुँह-माथा देख यह न कह सकोगे। मारे फिकर के उसकी तो भूख-प्यास सूखी है !

गुरुदास खाँसते-खाँसते उठ बैठे—बूढ़े बाप ने चारपाई क्या पकड़ी, नालायकों ने सब चौपट कर दिया।

धनवन्ती ने हाथ से रोक दिया—शुभ-शुभ बोलो, ऐसी वाक-वाणियाँ न करो ! दुनिया क्या कभी देनदार नहीं होती ?

गुरुदास झुँझलाए—सीख न दे, भलीमानस, लड़के को आवाज़ दे। इस बूढ़े बाप से उन्हें अब क्या पूछना-ताछना ?

धनवन्ती बनवारी को बुलाने गई तो घंटे-भर नहीं लौटी। गुरुदास पड़े-पड़े राह तकते रहे और तकते-तकते आँखों में नींद उतर आई।

सुहाग के बुलाए बनवारी लाल चौके में आया तो पाटिए पर बैठी धनवन्ती रोटी सेंकती थी। हल्की आँच फूल डाल खुला घी लगाया और बहू से कहा—बेटे को कुछ खांड-शक्कर दे।

—न-न, अम्मा, आज घी-शक्कर पर दिल नहीं।

—अरे बेटा, इन छोटे-मोटे फिकरों से क्या फाका करने लगे ? उठ, बहू।

घी-शक्करवाला लुकमा तोड़ बनवारी ने मुँह में डाला

तो मीठी-सोंधी गंध से भूख चमक उठी। माथे के तेवर ढीले पड़े और मुँह-ही-मुँह स्वाद ले कहा—सुहाग ! मीठी रोटियाँ तो बस अपनी माँ की !

सास की ओर देख सुहाग मुस्कराई—सच ही तो है, जो छुटके-से बच्चे को खिला-पिला पूरा जना बना दे उस माँ की रोटी की क्या कोई कम महिमा ?

धनवन्ती जी भर-भर खुश हुई पर झूठ-मूठ का गुस्सा जता बनवारी की ओर ताका—बलिहारी तेरी अक्ल पर, सुहागवन्ती। मेरे ही बेटे को नज़र लगाने चली !

बनवारी ने भीनी आँख घरवाली पर डाली और उठते-उठते कहा—सुहाग, टुक सरदारी को तो हाँक देना।

सुहाग देवर के दरवाजे पर पहुँची तो देवरानी को सजते-बनते देख ठिठक गई। काशनी फूल-पत्तों वाला शोख गुलाबी जोड़ा पहने मँझली बालों में कंघा घुमाती थी।

मित्रो ने पलट नई की ओर देखा और घूरकर कहा—लड़का-बाला अभी तुम्हारी झोली नहीं, पर हो गई हो सास से भी अव्वल ! बित्ते-भर का यह तेरा वजूद, जिठानी, पर अकल-आँख ऐसी चौकस कि मजाल कुछ भी चूक जाए !

फिर नाक चढ़ा कहा—सज-सँवर पीतम को मिलने जाती थी कि बीच में महारानी आन पहुँची !

—बहना, मैं तो तेरे जेठ के कहे सरदारी लाल को बुलाने आई थी। देवर क्या अभी लौटा नहीं ?

मँझली ने कलेजे पर हाथ रख लिया।

—रात उतरते देवर तुम्हारा घर आन पहुँचे तो जान लो, जिठानी, उस दिन आसमानी गोला उगा पश्चिम से। तुम क्या समझी थीं, देवर तुम्हारा इस झोली में लुका बैठा

होगा ? अरी, मेरी सयानी जिठानी, वह तो भागता-फिरता होगा वैद्य-हकीमों के यहाँ !

सुहाग ने झिड़की दिया—चुप री !

मँझली ने खड़े-खड़े माँग निकाली, दोनों ओर चिड़ियाँ-तोते बिठाए, चुटिया गूँथ परांदा डाला, फिर पिटारी से इत्र-फुलेल की शीशी निकाल बोली—कुछ नर्म-गर्म हो तो कहो, जिठानी। तुम्हें भी फोहे का टोटका दे दूँ ?

सुहाग ने माथे पर हाथ रख धिक्कारा—हर घड़ी की मसखरी अच्छी नहीं, मँझली। तेरे जेठ ने पूरी बात तो नहीं बताई, पर इतना जान ले, इन भाइयों के सिर मंडी का चोखा देना चढ़ा है।

मँझली मुड़ी नहीं। लापरवाही से हाथ हिलाया—मेरे चहेते जेठ की महारानी ! जिस पर जो चढ़ा है चढ़ा रहे, मुझ पर तो सींगोंवाला भूत चढ़ा है।

जाते-जाते सुहाग ने सिर हिला कहा—तुम्हारे कहे का बुरा नहीं मानती, पर जी में बड़ा दुःख पाती हूँ। देनेवाले ने कैसा तो रूप दिया और कैसी दे दी मत।

मँझली ने जिठानी का पल्ला पकड़ लिया।

मित्रो ने हाथ जोड़ दिए—बस, अब खुलासा कहो, मर्दों पर क्या बन आई है ?

सुहाग ने जाते-जाते कहा—जितना जानती थी, कह चुकी, बाकी पूछना सरदारी से !

जिठानी के बाहर गए पीछे मित्रो खड़ी-खड़ी कुछ सोचती रही। फिर दर्पण में मुखड़ा देखा। सिर की ओढ़नी उतार बाँहें फैला मुस्करा दी। अनोखी रीत इस देह-तन की ! बूँद पड़े तो थोड़ी, न पड़े तो थोड़ी ! आज भड़वा बनवारी ही जो बनाव-सिंगार देखता ! जाने किन कार-करतूतों

में पड़ा शहर की धूल फाँकता है ! साध लिए मन में मित्रो जोड़ा उतारने को हुई कि जैसे किसी ने हाथ रोक लिया। बनी-ठनी हूँ तो क्या किसी की चोरी है ? नखरे से दोबारा ओढ़नी ओढ़ ली और सासु से मुठभेड़ करने चौके की ओर चली।

फूलावन्ती के दरवाजे के आगे निकली तो छेड़खानी सूझी। झाँककर आवाज़ दी—आज तो, फूलावन्ती, तू बड़े रंगों में ! तेरी तो ताजी-ताजी इलायची दानेवाली माला घड़कर आई है।

फूलावन्ती ने दाँत-तले जीभ दबा ली। बैरिन कहाँ से पता पा गई ? हाथ का कसीदा छोड़ दहलीज पर आन खड़ी हुई—तुम्हारा ही मुँह मुबारक हो, जिठानी ! इलायची दाने की कौन कहे, इस घर तो फटा छल्ला भी दवाल नहीं !

मँझली कूल्हे मटका हँस दी—वाह री बहन फरेबवन्ती ! इस कलजुग में तो पूजा ही गौड़-गड़न्त की तो तू ही क्यों सच बोले। छुटकी माला तो तेरी चोर-पिटारी में और सास-जिठानी को यह चकमा ! तू हजार तातेचश्म देवरानी, पर औरत की जून पड़ गहना-गट्टा सँभालने की विद्या किसे नहीं आती ? अरी, जादू के जोर तू माला कलेजे में भी छिपा ले तो भी उसे देख लेने का मंत्र मित्रो के पास।

सुनकर फूलाँ को जग-जहान भूल गया। फिर इस डर से कि जिठानी सचमुच ही न समझ ले कि पछाड़ खा गई हूँ, बाहर निकल आई और मित्रो के पीछे-पीछे रसोईघर की ओर चली।

मित्रो चौके में जा बैठी और सास को सुनाकर बोली—माँ जी, बेचारी फूलावन्ती पर बुरी बन आई है,

चाव-चाव गहना-गट्टा घड़वा जो अभागिन दुश्मनों के डर से अंग न छूआ सके...

धनवन्ती, जो पहले ही गुलजारी और उसकी घरवाली से जली-भुनी बैठी थी, चूल्हे में फूँक मार रुखाई से बोली—मँझली बहू, मैं गहने-गट्टे को नहीं हिलाती हूँ पर जो घरवालों को बैरी समझने लगे, उस भागमरी के गहने भी क्या फले-फूलेंगे ?

फूलावन्ती मुँहजोर जिठानी से डरती थी पर सास की बात सुनकर न रह सकी। त्योरी चढ़ा बोली—फूलें-फलें वे जिनका इस घर हुक्म हासल है ! जिन हम-जैसों के भाग ही खोटे हों, जो अभागे सबसे छोटे हों, उनका तो प्रभु ही वाली ! दिन-भर चूल्हा-चौका झोंक शाम को बची-खुची रोटियाँ, इतना ही न !

धनवन्ती ने हाथ मल-मल लिए—डर कर बहू, कोई ऊपर भी देखनेवाला है !

फिर मित्रो की ओर मुड़कर कहा—मँझली बहू ! मैं तो नाते से ही बुरी इसकी सास ठहरी पर तू मेरी सौंह खाकर कह दे, इस नाजो को इस रसोईघर की राह-डगर भी पता है ?

मँझली ने टिटकारी भरी—पलंग पर बैठे-बिठाए जिसे चंगा-चोसा मिल जाए, माँ जी, वह निगोड़ी चौके में क्यों मुँह मारने आएगी ?

फूलावन्ती सर मार-मार उछली—ठीक कहती हो, माँ जी, ठीक ही ! इस चौके में मेरी क्या पूछ ? पूछ है उनकी जिनके खसम मेहनत से कमाते हैं, महीने में दस बार गफ्फे लाते हैं !

सास की कच्ची होते देख मँझली का दिल पिघला। बाँह से खींच फूलावन्ती को पास बिठला लिया और ठुड्डी

छू बोली—मेरी बेलगामी देवरानी ! काहे झूठ बोलती है, री ? मैं क्या बेली सुनार को नहीं जानती ? उससे गहने घढ़ा-घढ़ा तूने उसकी दूकान आधी कर दी, पर यह तो कह, भोली फरेबन, तेरा सैयाँ कहाँ से इतना कमाता-लाता है ?

गाली सुन फूलाँ की आँखों में अंगारे बरसने लगे। कहा—देवर तुम्हारा कहीं सेंध लगाता हो, डाके डालता हो, सो जानें उसके माँ-बाप और भाई-भौजाई...

फिर चढ़े माथेवाली सास की ओर ध्यान गया तो आगे जोड़ा—जेवर-गहने की जो पूछो तो जो-जो पीहर से पाती हूँ, जोड़-बन्ध कर उसी से कुछ-न-कुछ घढ़वा लेती हूँ।

मँझली कुछ कहने जाती थी कि चौके के बाहर घरवाले को खड़ा देख मुस्कराई और फूलावन्ती के सिर का घूँघट नीचे खींच बोली—अरी देवरानी, कुछ होश कर ! जेठ खड़ा है। लाख तुझसे गोरी-चिट्टी हूँ पर तेरे इस सुरमेदानी दिल की क्या खबर, अपने जेठ से ही लगा बैठे !

सरदारी ने सुना-अनसुना कर तीखे गले कहा—अम्मा, गुलजारी ने जो गुल खिलाया है...

फूलाँ के कान खड़े हुए।

मँझली ने शरारत-भरी चितवन से सरदारी की ओर देखा और हँसकर कहा—जब तक मेरी फूलावन्ती को फूल नहीं पड़ता तब तक क्यों न देवर गुलजारी ही गुल खिलाए ?

धनवन्ती ने मानो बहू की बात ही न सुनी हो। सहमी-सी बेटे से पूछा—बेटा, मुझे पहेलियाँ न बुझा, ठीक-ठीक कह !

—अम्मा, तुम्हारा छोटा बेटा बनवारी के नाम मंडी से रुपया उगराता रहा है और एक फूटी कौड़ी दूकान में जमा नहीं करवाई।

सुनकर धनवन्ती की आँखें फैल गईं।

मँझली फूलाँ को कोई करारी बोली मारने को थी कि उसकी सिसकी सुन अचरज में आ गई—क्या हुआ, लाड़ो ?

फूलावन्ती माथे पर हाथ मार-मार रोने लगी—हम बेचारे किसी को नहीं सुहाते ! इस घर हमारा कोई हिस्सा-हक नहीं तो हमारी छप्परी अलग कर दो ! बन आएगी तो कमाकर रूखी-सूखी खा लेंगे। न होगा तो मसानों में जा सोएँगे।

मँझली ने पुचकारा—न रो, फूलावन्ती, न रो ! अरी, यह कोई थाना-मुंसिफ नहीं, तेरा जेठ है, जेठ !

फूलावन्ती तड़प उठी—थाने-मुंसिफ गले पड़ें उनके जिन्होंने किसी की कमाई मारी हो, कोई गुनाह किया हो ! आढ़त में जो हक एक भाई का, सो ही दूजे का और वही तीजे का।

धनवन्ती से सहा नहीं गया—चुप बहू ! छोटा मुँह बड़ी बात ! किसका क्या हक है, क्या देना-पावना है, यही सिखा-पढ़ा उन पापड़गिरों ने यह कूड़ा मेरे माथे मढ़ दिया।

जानकर कि बड़े जेठ-जिठानी भी पास आ खड़े हैं, फूलावन्ती ने गले की आवाज़ बदल ली और हिचकियाँ ले-ले बोली—मुझ पर लाख जुल्म ढाओ, जो-जो मन हो कहो, पर उन राजाओं का नाम न लो !

धनवन्ती ने सिर हिलाया—हाँ री, हाँ ! जिन अपने सगे बाबुल-भाई को राजा करके पुकारती हो, उनसे भिश्ती अच्छे, बहूरानी !

बनवारी ने माँ को आगे बोलने नहीं दिया। आगे बढ़ बाँह से घेर लिया—चलो, अम्मा, इस कलह-फिसाद में अपना माथा न खपाओ। जो भीड़ हम पर बन आई है, उसके लिए कोई सलाह-सम्मति दो।

कंधे पर रखी बेटे की मजबूत बाँह छूते ही धनवन्ती की आँखें बरसने लगीं—बेटा, इस बुरी मतवाली के मुँह लग मेरी भी अक्ल-बुद्धि मारी गई है।

बेटे माँ को लिवा ले गए तो सुहाग ने चूल्हे पर से भाजी की कड़ाही उतार तवा रख दिया और छोटी देवरानी से कहा—उठ, फूलावन्ती, हाथ-मुँह धो, कुछ खा-पी।

फिर मित्रो से कहा—देवर की थाली परस ले जा, बहना। देवर ने सुबह से मुँह जूठा नहीं किया।

पड़छत्ती से बर्तन उतार मित्रो ने सुहाग के आगे रखे, पर फूलाँ को कुछ कहे बिना जी न माना। आँखों पर से देवरानी का हाथ हटा उसे बहनापे से गले लगा लिया और लाड़ जताकर कहा—स्वाँग तो तेरा भी अच्छा ही रहा, फूलावन्ती, पर सास तुझे भिश्तीवाली चोट करारी लगा गई है...

सुहाग ने एक संग हाथ आँख से भिड़क दिया—बस-बस, मँझली ! जा, देवर को खिला-पिला !

मित्रो ने मुँह-ही-मुँह हँस जिठानी की ओर ताका और इठलाती, कमर मटकाती घरवाले को खाना खिलाने चली।

चारपाई पर बैठे सरदारी को चौंकाने के लिए मित्रो ने पाँव से आहट की, बाँहों से छनकार किया, तो भी फिक्रों में डूबा सास का बेटा हिला-डुला नहीं तो मित्रो के जी ढेरो प्यार उमड़ आया। हथेली पर थाली टिका, पाँव चारपाई की बाँही पर रखा और आँखें नचाकर कहा—लो, महाराज, बन्दी हाजर ! चाहो तो मेरी यह चिकनी-चुपड़ी

सौत निगल लो, न हो तो मुझे ही चबा लो !

सरदारी ने अपनी कठोर आँखों से एक नज़र उठाई और लौटा ली।

मित्रो शरारत से और मसकी। कानों के झुमके हिलाए। तब हाथ से निवाला तोड़ सज्जन के मुँह में डाला और चंचल आँखों घरवाले को तरेरकर कहा—मौला जी, मैं नहीं तो यह आग-सिंकी सौतिया ही सही !

मित्रो के हाथों गस्से ले-ले सरदारी चुपचाप चबाता रहा तो आँखों में अनोखी अदा भर शोखी से कहा—हुक्म की बाँदी हूँ, चन्न जी, इतनी रुखाई क्यों ?

सरदारी लाल ने इस बार ताका-भर और एक निवाला निगल लिया।

मित्रो ने भूरी आँखें नचाईं—मैं किस्मत-जली क्या करूँ ? मेरा ढोल तो मुझसे बेमुख !

छन-भर को सरदारी की आँख मित्रो की ओढ़नी पर टिकी कि मित्रो इमरती बन गई।

घरवाले के घुटने पर कोहनी टेकी और आँखों में आँखें डालकर कहा—रिसालदार जी ! सदा न रहेंगे यह रिसाले !

सरदारी ने चाहा, हाथ से परे ठेल दे पर भूरी आँखों पर बालों के छल्ले देख बदन में फुरेरी-सी उठ आई। ठुड्डी को छू कहा—नाटक-लीला में तो तू पुतली जान से भी बढ़कर !

बनी-ठनी, आँख के इशारों से मर्दों को नचाती पुतली जान की पदवी पा मित्रो मन-ही-मन फूली न समाई। पर ऊपर से गुस्सा जताकर बोली—भोले जानी, उस पान-चबाऊ भटियारिन से मेरी तुलना ? उस फत्तो के ध्यान में मेरी अनारों की लड़ियाँ ही भूल गए ?—हिन-हिन करती मँझली

ने घरवाले का मुँह चूम लिया और मटककर कहा—सस्सी के पुन्नू, याद रख, खांड का बताशा और नून का डला घुलकर ही रहेगा !

सरदारी लाल के ओठों पर हँसी दिखी और ओझल हो गई। माथे के तेवर फिर उभर आए, तो भाँप मित्रो ने आँखें झपकाईं—महरम, मन-ही-मन कोई रोग लगा रखा है, फिक्र पाल रखा है तो बताओ, यह बन्दी भी बाँट ले।

सरदारी ने मन-ही-मन अपने को चेताया, पूरी फरेबन है, पर ऊपर से कहा—क्यों सिर खपाने बैठी है ? मर्दों के फिकर मर्दों के लिए।

सुनकर एक बार तो जी हुआ, घरवाले को एक करारी सुना चित कर दे, पर जबान पर काबू पा मित्रो बोली—महाराज जी, न थाली बाँटते हो...न नींद बाँटते हो, दिल के दुखड़े ही बाँट लो।

सरदारी ने सिर हिला हाथ छिटका—तेरे बस का नहीं।

मित्रो ने त्योरियाँ चढ़ा लीं—मेरे बस में मेरा बाँका ढोल नहीं, और सबकुछ है !

सरदारी ने सिर पर हाथ फेरा और लम्बी साँस भरकर कहा—गुलजारी का कपट-फरेब और सिर पर चढ़ा देना, उसी का फिक्र है, मित्रो !

मित्रो खिलखिलाकर हँस दी—लो मर गई मित्रो ! महाराज जी गोता मारा पाताल और निकला थोथा घोंघा ! यह तो कहो सैयाँ, है कितना ?

सरदारी लाल चुप बना रहा कि जवाब की जरूरत न हो ?

मित्रो ने इजारबन्द से बँधी ताली निकाली और हाथ से उछालकर कहा—अपने साहब जी के लिए जो इतना

भी न कर सके वह मित्रो न हुई कि कँगली हुई !

सरदारी ने नर्म हो कहा—भली लोग, यह तेरे बस का नहीं। सौ-सैकड़ों की बात नहीं। यह तो हजारों का तोड़ा है।

मित्रो ने आँखों से मसकी की—एक ?

सरदारी ने सिर हिलाया—नहीं।

—दो ?

—नहीं।

—तीन ?

—हाँ।

मित्रो ने एड़ियाँ उठा पड़छत्ती पर से टीन की सन्दूकची उतारी। ताली लगा लाल पट्‌ट की थैली निकाली और घरवाले के आगे रख बोली—यह दमड़ी दात परवान करो, लाल जी ! कौन इस नाँवे के बिना मित्रो की बेटी कँवारी रह जाएगी ?

घरवाले को हक्का-बक्का देख, ओढ़नी मुँह में डाल मित्रो पहले हँसती रही, फिर सरदारी के गले में बाँहें डाल दीं।

—मित्रो के सिर की सौंह, महाराज जी, जो यह गुत्थी न परवानो !

जी में बड़ा पछतावा लगा। चलन तो इसके बुरे, पर इस पर हाथ उठाना सोहता नहीं।

सरदारी लाल कई बार मित्रो को तकता रहा, फिर रुखाई से पूछा—सच-सच कहेगी ?

मित्रो ने आँखें झपकाईं—क्यों नहीं !

—पहले मेरी सौंह !

मित्रो ने मुँह बिचकाया—न-न, मुझे अपनी सौंह... अपनी माँ की सौंह...काले चोर की सौंह...पर, लाल जी,

मैं अपने बेली सैयाँ की सौंह क्यों उठाऊँ ?—फिर छाती पर हाथ रखकर कहा—वह तो स्वास-स्वास इस बन्द बटुए में रहता है !

सरदारी ने जैसे सुना नहीं। कड़ी नज़र मित्रो के चेहरे पर गड़ाकर कहा—जहाँ-तहाँ क्यों ?

मित्रो ने नैन मटकाए—नहीं जी...कभी नहीं !

—तो यह नाँवा कहाँ से समेटा है ?

डरकर मन-ही-मन कहा, जल्लाद कहीं का ! ऊपर से ठगनियों-सी हँसी—अम्मा के भोले भुलक्कड़, भूल गए ? आपकी धन्नो सास की मैं इकलौती बिटिया हूँ !

सरदारी लाल कुछ कहने को हुआ कि मित्रो ने बढ़ शरबती ओठों से मुँह पर साँकल लगा दी। और चुप्पे से कहा—ग़म की गुत्थी सुलझ गई, दिलवर सैंया, अब अपनी लैला की सुध लो !

भाइयों की लाडली बहन पीहर क्या आई कि घर-आँगन में खुशी का सूरज निकल आया।

बच्ची के सिर पर प्यार का हाथ फेर गुरुदास ने नाती को गोद में ले लिया और निरख-परख नए पाहुन का सिर हिलाते चले। जनको माँ के गले लगी। इस ओर-उस ओर। लाड-प्यार से धनवन्ती की आँखें छलछला आईं। लम्बे छन तक बेटी को बाँहों में लिपटाए रखा तो मँझली हँसी—थोड़ा-सा प्रेम-प्यार हम बहुओं के लिए भी बचा रखो, माँ जी !

खिल-खिल हँसती जनको खुशी बाँहों भाभियों की ओर बढ़ आई। छोटी भाभी को न देख पूछा—सुख तो है, अम्मा, न छोटी भाभी दिखी, न गुलजारी भैया !

धनवन्ती ने छोटी बहू को आवाज़ दी—फूलाँ रानी, बाहर तो निकल, बेटी, तेरी नन्दिया आई है !

सुहाग ने जनको की पीठ पर हाथ फेरा—अरी मुनिया, अपने पुराने घर का आँगन ही भूल गई ?

चारपाई पर बैठ जनको ने चारों ओर नज़र मारी और हँसकर कहा—जहाँ तुम-सी भाभी-भौजाइयाँ, ऐसा पीहर क्या भूला जाता होगा ?

मित्रो ने जनको की आँखों में झाँका और झूठी तरेर से पूछा—अरी, हर रोज़ घरवाले के ढिब...

जनको पहले समझी नहीं। फिर समझी तो हथेलियों में आँखें छिपा लीं।

फूलावन्ती अन्दर से आई तो बाल बिखरे थे और आँखें रो-रो लाल। जनको उठ गले मिली। खुशी-खुशी पूछा—छुटकी भाभी, मैं तो अच्छी खबर की राह तकती रही !

मँझली खिलखिलाकर हँस दी—इसकी भली पूछी, नन्दिया ! राम का नाम ले, यह झगड़े-फिसाद की पिटारी कहाँ से लाएगी अच्छी खबर ?

जनको कुछ कहने जाती थी कि फूलावन्ती धड़धड़ाती अपने कमरे में जा घुसी।

असमंजस में जनको ने बड़ी भाभी की ओर देखा कि नाती को झोली में डाले धनवन्ती बाहर आई और बनवारी की बहू से बोली—सुहागवन्ती, लड़की को कुछ खिला-पिला, सफर से आई है।

मँझली ने ननद को आँख मारी—अरी, अब थकन काहे की ? तेरा ज़ालिम तो कोसों दूर !

झोली में मुन्ने को झुलाती धनवन्ती फिर से जवान हो गई। सिर हिला मित्रो की ओर देखा और हँसकर

कहा—जनको, तेरी भाभी सच कहती है। जमाई के जुल्म की निशानी तो यह रही !

सभी हँस-हँस दोहरी हुईं। आवाज़ सुन अन्दर से गुरुदास निकले। खिले-खिले चेहरे पास आन खड़े हुए तो दोनों बहुओं ने माथे तक कपड़े खींच लिये। गुरुदास ने एक बार फिर बेटी के सिर पर प्यार फेरा और धनवन्ती से ले नाती को हाथ में झुलाने लगे। झुर्रियों-पड़े मुँह पर जाने कहाँ से चमक आ गई ! पकी-पुरानी मूँछों से ढके ओठों पर कुछ ऐसी हँसी बिखरती चली, मानो दूर-दूर कोई चिन्ता-फिकर न हो।

—जनको, खा-पी जल्दी आ, बेटी। तेरे सास-ससुर और उनके छैले लड़कों के हाल-चाल तो पूछे नहीं।

गोद में नाती को उठाए बापू और पास झुकी अम्मा सुहाग को ऐसे दीख पड़े कि अँगना में कोई जीती-जागती तस्वीर मढ़ी हो।

ससुर के आगे तनिक-सी ओट कर सासु से कहा—माँ जी, बापू से कहें, घड़ी-भर को चौके में ही आ बैठें। रौनक लगेगी।

धनवन्ती हँसी—भली कही, सयानी बहू ! तेरे बूढ़े सास-ससुर की क्या रौनक ? रौनक तो लाया है यह दादी का पोता !

बर्तन-भाँड़ों से भरे पीहर के पुराने चौके में बैठ जनको का मन हिरस से भर आया। जहाँ जन्मी-पली, वही घर अब पराया हो गया।

बेटी का गुलाबी चेहरा देख धनवन्ती सुखी हुई—जनको, यह तो कह, मेरी समधिन सरकार के क्या रंग हैं ? अब भी सिर में फूल-पत्ते और आँखों का काजल-सुरमा ?

जनको ने माँ को निहारा। काला पड़ता रंग और

झुर्रियाँ-पड़ता चेहरा देख दिल में हौंस पड़ी। कहाँ सेब-सा भखता सास का मुखड़ा, कहाँ चिन्ता में डूबी अम्मा ?

—अम्मा, सासू जी को तो जैसी तुमने ब्याह में देखा था, ठीक वैसी ही अब भी दीखती हैं।

धनवन्ती ने ठिठोली की—इस उमर भी जिसे खान-पान, साज-सिंगार की लटक हो, उसे रूप की क्या कमी ?

गुरुदास हँसे। समधिन के पोते के सिर पर हाथ फेरते-फेरते समधिन पर भी मोह हो आया।

—बन-ठन के रहना कोई गुनाह है, साथिन ? दुनिया सारी तुम-जैसी तो नहीं। मालिक का दिया सबकुछ है, पर जहान-भर का जंजाल और मलाल तेरे कपड़ों पर !

धनवन्ती ने बुरा नहीं माना। झूठ-मूठ की तरेर से धनी की ओर देखा और बहुओं से कहा—लो, सुन लो ! अब मैं क्यों किसी को भाने लगी ? तुम्हारे ससुर का तो मन ही आया है अपनी समधिन पर !

बहुएँ बापू की नज़र बचा मुँह-ही-मुँह हँसती रहीं।

आँगन में पाँव की आहट सुन जनको उठी और बनवारी के गले जा लगी। भाई ने बहन को चुमकारा-पुचकारा और चौके की दहलीज पर खड़े हो कहा—इस पगली को अकेले घर में पाँव क्यों रखने दिया, अम्मा ? पूरे साल-भर बाद शक्ल दिखाई और अपने बन्ने को घर की रखवाली छोड़ आई !

—बनवारी लाल, यह लाहने-उलाहने तुम बहन-भाइयों के, पर बेटा, अपने इस नए पुरोहित-पाँदे को भी तो देखो।

बनवारी ने बहन को छोड़ भानजे को उठा लिया और हाथों में झुलाकर कहा—बरख़ुरदार, दामाद का तू बेटा ठहरा ! तू भी हमारे सिर-माथे पर !

एकाएक धनवन्ती का ध्यान भटका। सरदारी से पूछा—बेटा, गुलजारी लाल आज भी लौटा कि नहीं ?

सरदारी ने माँ से नज़र नहीं मिलाई। सिर भर हिला दिया—नहीं।

गुरुदास मानो इस घड़ी घर की सब चिन्ता-फिकर भूल जाना चाहते थे।

—बनवारी लाल, बहन तुम्हारी सबसे छोटी है पर सबसे पहले गृहस्थिन बन गई है।

धनवन्ती ने जाने कैसी नज़रों बहुओं को देखा। अच्छी-भली सूरत-सेहत है पर अब तक एक के लाल नहीं पड़ा।

दुपहरी जनको सामान खोल बैठी। भाई-भाभियों के लिए छोटी-मोटी सौगातें निकालीं तो धनवन्ती बेटी पर बोलने लगी—लो, देखो नासमझी ! बेटी तेरे बड़े भाई-भौजाई तेरे घर की बस्त रखेंगे ?

जनको ने हल्की-फुल्की आँखों माँ की ओर देखा और बड़प्पन से कहा—अम्मा, सासू जी तो बार-बार कहती रहीं, बहू, खाली हाथ न भेजूँगी। तेरे भतीजे-भतीजियाँ होते तो सौ लाड़ चाव करती।

गुरुदास मुन्ने को अपने पास लिटाए बैठे थे। कोहनी टेके-टेके कहा—धनवन्ती, ननद-भाभियों को खुशी करने दे। बेटी जब जाए तो रुपया थमा देना। इतना ही न ?

आँगन में बैठ सुहाग और मित्रो जनको की ससुराल के हाच-चाल, दुःख-सुख पूछती रहीं।

मित्रो भाभी जितना बाहर कुछ कहती, जनको उतनी बार हँसती, उतनी बार लजाती।

—अरी, तेरा सिद्ध जोगी सीधे तेरे सिरहाने आ धूनी रमाता है !

जनको ने सिर हिला हामी भरी।

—फिर तुझ पर जादू की छड़ फिराता है !

चंचल आँखों जनको ने सिर हिला दिया—हाँ।

—फिर छल-कपट से नींद का मन्त्र पढ़ देता है !

जनको ने लजा-शरमा मुँह बड़ी भाभी की ओर मोड़ लिया।

अपनी गोरी-चिट्टी सोहती ननद को लजाते-शरमाते देख सुहाग पहले मुस्कराई फिर सहसा देवरानी की ओर देखा तो शोखी से फड़कती आँखें देख तन-बदन दहकने लगा।

एक ही आँख मँझली ने जिठानी का दिल पढ़ लिया और आँखें चढ़ाकर कहा—इस भोली सूरत पर मैं ही फिदा तो उस आदम के बेटे की कौन कहे ?

सुहाग ने जनको को हुक्म दिया—बहुत हुआ हँसी-ठट्टा, जनको, जा, माँ के पास जा बैठ।

रुआँसी-सी जनको माँ के पास जा बैठी तो भभकती आँखों मित्रो ने जिठानी का भार-तौल किया और सिर हिलाकर कहा—मैं इसीलिए नहीं सुहाती न कि अंग-संग में पूरी हूँ ?

—तुम सोलह कला परिपूर्ण हो, बहना, पर हाथ जोड़ मेरी इतनी ही बिनती है कि गऊ-सी सीधी इस पराए घर की बहू को अपने उलटे सबक न दो !

—भली कही, जिठानी ! यह गऊ-सी नन्दिया मेरे सबकों के बिना ही, लड़का जन लाई है ! अरी जिठानी, जिस राह लड़की पेट पड़ती है, उसी राह सबकुछ सीख भी आती है।

सुहाग ने कानों पर हाथ रख लिया—कहने वाली मैं ही गुनाहगार, बहना, मुझे माफी दे !

जिठानी के जाते ही मँझली ने पीठ मोड़ मुँह फूलाँ के दरवाजे की ओर कर लिया और खड़काकर कहा—बहुत हुआ गुस्सा-गिला, फूलावन्ती, अब कोप-भवन से निकल आ।

एकाएक बाहर गली में नज़र पड़ी तो देवर के संग फूलावन्ती के भाइयों को देख मित्रो चहक उठी।

—कुंडी खोल दे, फूलाँ प्यारी ! गुलजारी लाल तेरे भाइयों का लश्कर लेकर आया है !

पटाक से किवाड़ खुला और मैले-कुचैले कपड़ों में फूलावन्ती बाहर आन खड़ी हुई।

मँझली ने छेड़ा—अरी पटरानी, क्या सौत-जाए को राज-पाट मिलना है जो कैकेयी बनी बैठी थी ?

अपने भाइयों को देख फूलाँ का हौसला बढ़ा। त्यौरियाँ चढ़ाकर कहा—ख़बरदार, जिठानी, जो मेरे साध के भाइयों को 'लश्कर' कहकर बुलाया !

मित्रो ने हिन-हिन कर सिर हिलाया—सहारा रख, देवरानी, तेरी माँ ने तो पाँच-पाँच जन रखे हैं !

फूलाँ के कुछ कहते-न-कहते किशना, बिशना, सत्ती और पीछे-पीछे सिर झुकाए गुलजारी लाल आन पहुँचे। मँझली ने सब खट्टा-मिट्ठा घाल पाहुनों पर छिड़का—पापड़-बड़ियों के साह सौदागरो, जुग-जुग पधारो ! बहन के घर क्या खातिर हो तुम्हारी लाला ?

फूलाँ ने तावली से आँखों पर घूँघट खींच लिया और रो-रो कहा—मुझे इस नरक से निकालो, मेरे भाइयो ! तुम्हारी अभागी बहन इन जुल्मियों के हाथों डाडी दुःखी है !

मत्ती ने हाथ की कसी मूठ हवा में उछाल दी—हमारी बहन की यह हालत करनेवाला कौन जन्मा है ?

मित्रो ने आँखों से तीर फेंके—अनोखी बहनिया के भाइयो ! यह मैं क्या जानूँ ? यह तो जानें गली-मुहल्ले की दाई या जाने फिर...

बिशना ने शोहदी नजर एक बार मित्रो को तरेरा, फिर लापरवाही से कहा—तुझसे तो, बहन मित्रो, बाद में निबटूँगा, पहले अपने बुढ़ऊ ससुर को तो बुला !

मित्रो ने कमर पर हाथ टिकाया और सिर हिलाया—इतना घमंड न करो, लाला ! बाद तुम्हारा बाल रंग-रंग भले जवान रुस्तम बने, पर याद रख लो मित्रो का कहना, एक दिन वह भी पापड़ बन भुर जाएगा !

फूलावन्ती सिर पीट-पीट दहाड़ने लगी—कीड़े पड़ें उन्हें जो मेरे भाई-बाबुल को कोसें !

गुलजारी ने एक बार घरवाली की ओर देखा, पास खड़े सालों की ओर और सिर हिला कुछ कहते-कहते रह गया।

मित्रो ने देवर के पास आ ठौला दिया—देवर गुलजारी लाल, तू मर्द से तरीमत बन गया और भौजाई तेरी को खबर नहीं !

शोरगुल सुन गुरुदास-धनवन्ती बाहर निकले और समधियाने का भीड़-भड़क्का देख सहम गए। रूखे गले गुरुदास ने पूछा—बरखुरदार, खैर तो है ?

सबसे बड़ा किशना पास चला आया और तीखे गले से कहा—फूलाँ के माँ-बाप, भाई-भौजाई सभी ज़िन्दा हैं, मैं यही कहने चला आया हूँ, लाला जी !

धनवन्ती ने सिर हिलाया—शुभ-शुभ बोलो, बेटा, उम्रें मानो !

बिशने ने धनवन्ती को तरेर मारी—बहन, हमारी गम में घुल-घुलकर आधी रह गई है !

धनवन्ती ने इस एक ही पल सबकुछ भाँप लिया। हाथ से बरजकर कहा—बिशन लाल, मैं तुमसे नहीं अपने बेटे से बात करूँगी। फिर गुलजारी की ओर मुड़कर कहा—साफ-साफ कह, गुलजारी लाल ! तू इन सलाहकारों को किस मतलब से साथ लाया है ?

फूलाँ ने बीच में ही गला उठा घरवाले की इमदाद की—हम अभागों के संग बेइंसाफी हो तो क्या कूक-फरियाद भी न करें ?

धनवन्ती ने कड़ी आवाज़ में बहू को झिड़क दिया—अपनी रार-बरार बन्द कर, बहू ! गुलजारी लाल, जो तुम्हें कहना है, अपने बापू से कह !

गुलजारी ने गला खँखारा। बोलने का जतन किया पर आँखें ऊपर न उठीं।

धनवन्ती ने थोड़ी-सी आस बाकी जान बेटे को हौसला दिया—बेटा, जब पराए बीच में कूद पड़ें फिर अपनों से कैसा परदा ?

गुलजारी ने सिर और नीचा कर लिया।

लड़के की बेबसी देख धनवन्ती को एकाएक ऐसा जान पड़ा कि वह माँ न हो कोई जल्लाद हो, जो हाथ में युद्ध की तेग लिये रह-रह बेटे को ललकारती हो। अपने सबसे लाडले बेटे के लिए दुःख-दर्द से जी भर आया। भरा कंठ पुचकारकर कहा—गुल बेटा, इस बूढ़ी की सोच न कर ! जिससे तेरी घरवाली को ठंड पड़े, तू वही कर !

माँ का रुँधा उलाहना सुन गुलजारी की आँखें भर आईं। लम्बी साँस ले सिर ड़ाले-डाले कहा—अम्मा, तुम्हारी बहू का गुजारा अब इस घर में नहीं।

धनवन्ती को न कुछ कहने को सूझा, न पूछने को। चोट खाई आँखों से इमदाद के लिए धनी की ओर देखा

तो क्रोध और अपमान से गुरुदास कई छन सिर हिलाते रह गए। फिर काँपती आवाज़ में बोले—धनवन्ती, कचहरी में कोई और नहीं, हम दोनों ही मुजरिम हैं।

कमरे को झाड़-पोंछकर फूलावन्ती ने बिछौने पर फूलों वाला पलंगपोश बिछाया, घरवाले का तहबन्द-कुर्ता खूँटी पर लटकाया और तालियों का गुच्छा पल्ले से उतार मोतियोंवाली पड़छत्ती पर ढुका दिया। चिलमन से अन्दर आती धूप देख जी में कुछ ऐसी ठंड पड़ी कि बिना कहे न बनता हो। ससुराल की कैद से निकल जैसे फिर से नई दुनिया में आई हो। पहनने को 'हरी छाल' का जोड़ा निकाला और साबुन की टिकिया ले धनवन्ती की सबसे छोटी बहू पीहर के नहान-घर में खुशी-खुशी नहाने चली। मल-मल साबुन से हाथ-पाँव धोए। गुरु-मन्त्र दोहराया और पहन-पचर धूप में आन खड़ी हुई। बालों में कंघा घुमा चुटिया गूँथी और हल्की-फुल्की हो चारपाई पर पसर गई। जय बंसीवाले की, जिसने गले से वह फाँस निकाल दी। अब देखे न आकर सास ! छाती पर भड़भच्चा न जल उठे तो नाम !

मायावन्ती अपनी लाडो के पास आ बैठी और खुशी-खुशी बोली—क्यों री, अब आया कान्ह तेरा राह पर ?

फूलाँ ने आँखें मटकाईं—भाबो, जमाई तुम्हारा तो पूरा सिद्ध गणेश है ! न किसी की अच्छी, न बुरी ! झगड़े की जड़ तो कोई दूजी ही थी !

मायावन्ती के माथे पर दो भेद-भरे तेवर उभर आए—मुनिया, आती बार तेरी सास ने तो ज़रूर बखेड़ा

डाला होगा ?

फूलाँ ने इतराकर माँ की ओर देखा—कुछ कहने-सुनने का मुँह भी था ? अपने घरवालों की करतूतें बेटा भी जानता है !

मायावन्ती लड़की से पूरा लेखा-जोखा चाहती थी—फूलाँ, तेरी सास इतनी सीधी-सिधाड़ तो नहीं...

फूलाँ ने नमक-मिर्च लगाया—रो-रो हाल बेहाल करती रही पर यह समझो, अम्मा, कि जमाई तुम्हारा अटल रहा !

—और, री, वह बुढ़ऊ तुम्हारा ससुर ?

फूलावन्ती ने मन-ही-मन उस रात का पूरा नाटक दोहराया तो ओठों पर तिरछी-आड़ी कमान चढ़ गई।

—भाबो, उस बेचारे की कौन सुनता ? बड़बड़ाता रहा और खाँसता रहा, खाँसता रहा और हाँफता रहा।

मायावन्ती को सचमुच बेटी पर लाड़ हो आया, गले में चिन्ता-फिकर भर कहा—फूलाँ, कुछ सोचा है, री ? नाते-रिश्ते, शरीक-भाई सौ बात करेंगे, सौ मीन-मेख निकालेंगे !

फूलाँ ने मतलब भाँप ढाढस दिया—भाबो, उसकी चिन्ता तो तब हो न जब ऊँची-नीची अपनी ओर से हुई हो।

मायावन्ती ने मन-ही-मन पूरी बही लिखकर तैयार कर ली और घुड़ककर कहा—हैं री, उन नास-होनों ने तुझ पर जुल्मों के पहाड़ ढा दिए और तू छेकड़ ऊँच-नीच की ही बात करती है ?

फूलाँ माँ की सूझ-बूझ पर सचमुच न्योछावर हो आई। चौकन्नी नज़रों से भाभियों के चबूतरों पर नज़र मारी और धीरे से माँ के कान में कहा—भाबो ! इन दोनों

कनकुतरियों से तुम्हीं निबटो...इनसे पार पाना मेरे बस का नहीं !

दुपहरी खा-पी माँ-बेटी धूप सेंकने बैठीं तो मायावन्ती ने बहुओं को आवाज़ दी—लड़कियो ! बहूटियो ! इधर आ बैठो। कुछ कह-सुन नद का जी ही लगाओ। यह माथाफिरी तो कल से रो-रो पागल हुई जाती है !

महीनों बाद यह सास की चाह-भरी आवाज़ सुन बहुएँ ओठों-ही-ओठों में मुस्कराईं और एक-दूसरे को सैनत मार अपनी-अपनी पीढ़ी उठा पास आ बैठीं।

मायावन्ती ने बड़ी बहू पर ढीली नज़र डाली और लाड़ से कहा—देख, री सोमा, लड़की का रंग पीला-जर्द पड़ गया है !—फिर बेटी की ओर मुड़कर पूछा—क्यों री मुन्नी ! वहाँ कुछ खाती-पीती नहीं थी ?

फूलाँ ने निरीह-मासूम आँखों से भौजाइयों की ओर देख लम्बी साँस ले आँखें झुका लीं।

मायावन्ती ने तेवर चढ़ा बेटी को झकझोरा—मुन्नी ! बोलती क्यों नहीं ?

फूलाँ ने इस बार जो आँखें ऊपर उठाईं कि टपटप आँसू गिरने लगे।

सोमा और रानी यह स्वाँग देख मन-ही-मन हँसीं और आँखों में झूठ-मूठ का विस्मय घोर बिटर-बिटर सास की ओर ताकती चलीं।

ओढ़नी के छोर से मायावन्ती ने लड़की की आँखें पोंछीं और दिलासा देकर कहा—बेटी, उन कंजरों पर तू लाख परदे डालती री, पर बैरियों ने जो-जो जुल्म तुझ पर ढाए हैं, वह तेरी माँ ही नहीं, गुरु की सारी नगरी जानती है।

छोटी रानी ने पलकें झपका संकेत से जिठानी की

मौन सहमति ली और सिर हिलाकर पूछा—भाबो जी, हमारी फूलावन्ती-सी सीधी तो कहीं ढूँढ़ने पर न मिले, पर ग़र्क-गए इसके सासरे क्यों इसके बैर पड़े ?

मायावन्ती के कान खड़े हुए। पैंतरा बदलने से पहले बहू को देखा-परखा। चालाको कहीं की ! फिर नरम गले कहा—बहू, लालच का क्या इलाज ? सास लड़ाकी शाम-सुबह लड़की को खोंचती रहे, पीहर से यह ला, वह ला, तो भले घर की लड़की बेचारी, क्या फाँसी लगा बैठे !

देवरानी का तीर निशाने बैठा देख सोमा पूरे जी खुश हुई। घूरकर रानी की ओर ताका और सास की हाँ-में-हाँ मिलाकर बोली—सच कहती हो, भाबो, जिनकी आँख देन-दात पर हो, उन्हें इस गुणिया लड़की की क्या परख ?

रानी मानो अपनी गलती पर पछताई हो। आँखें फैला बोली—हाय-हाय, फूलाँ बीबी ! उनके लच्छनों की हमें क्या खबर ? ऐसे खोटे निकलेंगे इसका तो सपने में भी चित्त-चेता न था।

मायावन्ती ने अपनी इस तेज-तर्रार बहू को घूरकर देखा तो रानी ने झट पैंतरा बदल लिया। आँखों से हमदर्दी टपका ननद से पूछा—बीबी, अपना गहना-गट्टा तो सँभाल से ले आई हो न ?

मायावन्ती जो गली-मुहल्ले, भाई-बिरादरी से पहले अपनी बहुओं को जोत लेना चाहती थी, ऐसी मुँहफट बात सुन जलने-बलने लगी। घुड़की में चुटकी भर दर्द मिलाकर कहा—गहने की बात न हिला, बहू ! बेटी सही-सलामत आन पहुँची है, यही क्या कम है ? इसके भाई वहाँ न पहुँचते तो जाने कँगले राकस लड़की का क्या हाल कर डालते !

रानी ने सास को चुनौती का जवाब दिया—मैं मर

जाऊँ, भाबो ! बीबी अपने कंगन-हार, छाप-छल्ले वहीं छोड़ आई और भाई भोले बहन को खाली हाथ लिवा ले आए !

सोमा ने मैदान सँभाला—बीबी, कुछ तो समझ की होती। और नहीं तो पीहर के ही, दो-चार गोखरू-चूड़े बचा लाती।

मायावन्ती ने खूँखार नज़रों से दोनों बहुओं को तरेरा और हाथ़ फैला समधियों पर लानत-फटकार भेजी—जिन गर्क-जानों ने मेरी बेटी की बस्त रखी है, भगवान करे वे नकर्मे बिन मौत मरें !

छोटी बहू ने भरपूर सास की आँखों में आँखें डाल देखा और भोली-भाली आज्ञाकारिणी बहू की तरह पोले मुँह से कहा—क्यों नहीं, भाबो ? जो धोखा-धड़ी करेगा वही मरेगा, कोई और नहीं।

चोट करारी जान बड़ी बहू ने सेंक दिया—शुक्र मनाओ, भाबो ! उन कसाइयों के हाथों बीबी हमारी जीती-जागती लौट आई ! गहने-गट्टे की क्या ? जिन्द है तो जहान है, और बन जाएँगे।

माँ के सब पाँसे उलटे पड़े देख फूलाँ ने बड़ी भौजाई की झोली में मुँह छिपा लिया और हुड़क-हुड़क ऊँची सिसकारियाँ भरने लगी।

धनवन्ती जो एक सुबह सोकर उठी तो एक मीठी खबर से मन के सब चिन्ता-क्लेश धुल गए। नहा-धो, तुलसी सींच चौके में आई तो सुहाग की जगह मित्रो को चूल्हा सुलगाते देख अचरज में आ गई। दहलीज पर खड़े-खड़े पूछा—समित्रावन्ती बेटी ! आज नई की जगह तुम्हें देखती

हूँ। जिठानी तुम्हारी राजी तो है ?

माथे पर बल डाल सास की ओर कनखियों से देखा—अम्मा, तुम्हारी लाडली फूलाँ पीहर क्या जा बैठी कि उसकी उदासी में तुमने घर-बाहर की चौकसी ही छोड़ दी !

—तड़के-तड़के पहेलियाँ न बुझा, मित्रो ! जिठानी तेरी बीमार तो नहीं ?

मित्रो ने आड़ी-तिरछी नजरों से सास की ओर देखा—इतनी भोली न बनो, माँ जी ! बहू-बेटियोंवाले घर और क्या होगा ? कोई कन्त से आनन्द कर नौ महीने पछताएगी, और कोई दादी के लिए पोता जन लाएगी !

—अरी सच ?

सास के मुँह पर लाली फिरते देख मित्रो ने छेड़खानी की—अम्मा, तनिक हौसला तो रखो। यह कोई तुरत-फुरत का मामला नहीं कि रात-की-रात में जिन्द बोलने लगे।

धनवन्ती की आँखें निगोड़ी ऐसी चमकीं कि कहीं से दो मोती ही ढुलक आए—तेरा ही मुँह मुबारक हो, समित्रावन्ती ! तेरे मुँह घी-शक्कर !

चाव-चाव में अम्मा जो बापू को खबर देने चली तो मित्रो ओठों में आप-ही-आप हँसती रही। जिन्द-जान का यह कैसा व्यापार ? अपने लड़के बीज डालें तो पुण्य, दूजे डालें तो कुकर्म !

गुरुदास की आँखें लगी देख धनवन्ती उलटे पाँवों लौट आई और पाटिया खींच बहू के पास आ बैठी।

कड़ाही में दूध छानती मँझली को सुख-सन्तोष से देखकर कहा—समित्रारानी, मेरी तो अक्ल-बुद्ध ठिकाने नहीं। कल दिन-भर सुहाग से झाड़-बुहार करवाती रही। हाय-हाय ! तुम्हारी जिठानी क्या सोचती होगी ?

—वह क्या सोचेगी, अम्मा, वह तो ठहरी पिछले

जन्म की तुम्हारी चेरी ! कहोगी बैठ जा, तो बैठ जाएगी। कहोगी उठ खड़ी हो, तो उठ खड़ी होगी !

धनवन्ती को सुहाग पर ढेरों लाड उमड़ आया—जीती रहे, सतपुत्री हो समित्रावन्ती ! शुक्र है उस दाते का जिसकी दरगाह में देर है, अन्धेर नहीं !

मित्रो ने सास से मसखरी की—अम्मा, जिस दाते का नाम लेती हो, उसे आँख से किसने देखा है ? असल पैगम्बर तो तुम्हारे बेटे ठहरे, जब चाहे पौदे रोप दें !

धनवन्ती ने कानों पर हाथ रख लिया—हरे राम !...मेरे सिर पाप न चढ़ा, बहू ! मैं गरीबनी तो उसकी दया की बड़ी भूखी हूँ !

मँझली ने हँसते-हँसते पाटिये पर से ही बाँह बढ़ा परात उठाई तो बहू के तन पर पहली बार ढीला-झबला कुरता देख सास के जी अटक पड़ी !...अच्छी भली, कसी-कसाई, गदराई देह थी बहू की, एकाएक इतनी दुबली हो गई ! कई छन अपलक बहू की ओर तकती रही। मुँह आगे कर कुछ कहना चाहा पर निगाह मित्रो की बड़ी-बड़ी कटोरी आँखों पर ठिठक गई। देख मित्रो से रहा नहीं गया। भभककर पड़ी—नजर तो ऐसी गड़ाती हो, अम्मा, कि झपाटा मार किसी को दबोचना हो ! कुछ पूछना हो तो पूछ लो न सीधी तरह !

बहू की ताड़ से धनवन्ती कच्ची पड़ी। सिर हिला, रुक-रुककर कहा—सास का कहा बुरा न मानना, मँझली, पर बेटी, तू दुबली क्यों हुई जाती है ?

समित्रावन्ती ने त्यौरियाँ चढ़ा अपनी दनदनाती आँखों से धनवन्ती को घूरा और कड़ाही में उबलते दूध पर पानी का छींटा दे मारा।

ओढ़नी-तले साँस ऐसी गिरती-पड़ती रही कि कहीं

कोई धौंकनी चलती हो।

बहू को अब भी चुप देख धनवन्ती हैरत में आ गई। छेड़-छाड़, चटाक-पटाक, बोली-ताने में निपुण समित्रो इतनी सिदकवाली कब से हो गई ?

मँझली ने अब भी मुँह न खोला तो धनवन्ती ने मिन्नत कर पुकारा—बहू !

मित्रो ने ओठों को मरोर दे सास की ओर ताका। फिर सिर को झटक चूल्हे में फूँक मारने लगी।

नद-नदिया-सी खुली-डुली बहू आज अँधेरी कोठरी-सी गुमसुम क्यों ?

धनवन्ती का ध्यान सरदारी की ओर भटका तो सहसा सबकुछ समझ में आ गया। जरूर कुछ-न-कुछ कह-सुन लड़के ने इसे सताया है। जवाब-सवाल न हुए कि बेचारी के लिए आए दिन का आजाब हो गया ? नर्म-नर्म पोले कंठ से कहा—बेटी, मैं जान गई हूँ, सारा कसूर इस बेअक्ल लड़के का ही है ! छोटी-छोटी बात पर भिड़ बैठा होगा।

सुनकर मँझली ने सिर क्या उठाया कि खूँख्वार शेरनी-सी झपट पड़ी—जले पर नमक छिड़कने से नहीं होगा, अम्माँ ! माँ-बेटे मिल, छील-छाल मित्रो का अचार क्यों नहीं डाल लेते ?

हक्की-बक्की धनवन्ती की एक साँस ऊपर, एक नीचे। सास के मुँह पर कालिख पोतने को फूलाँ ही क्या एक कम थी जो अब दूसरी भी उसी राह आन पड़ी ! समझा-बुझाकर कहा—बहू ! मेरा सरदारी स्वभाव का कडुवा है पर जी का बुरा नहीं। मालिक करे, तेरी गोद भी बाल-बच्चे पड़ें तो आप ही गबरू ढंग पर आ जाएगा।

मित्रो ने सास की ओर देखा तो देखती ही चली।

आँखों में मानो कोई आग लपलपाती हो और कंठ ऐसा कि तेज धारवाली दराँती हो—सुरखरू हो बैठो, अम्मा ! तुम्हारे इस बेटे के यहाँ कुछ होगा तो मित्रो चूहड़ी के पैरों का धोवन पी अपना जन्म सुफल कर लेगी !

सास की छाती पर बिना हथौड़ा मारे ही बहू ने कील ठोंक दी। छटपटाती छाती हुड़क-हुड़क हाहाकार करने लगी।

एक बार तो धनवन्ती का जी हुआ, कहनेवाली का मुँह ही नोच ले, पर पेट में सिकुड़ती-सिसकती अँतड़ियों के मरोर से चेत गई कि अभागिन बहू ज़ो मुँह फाड़ कहती है, क्या पता सच ही हो।

धनवन्ती का न कंठ फूटा, न आँखें रिसीं। सोच में ऐसी डूबी कि न दिन-घड़ी का ध्यान रहा, न देश-दिशा का भान ! जैसे बैठी थी, बैठी रही।

—अम्मा !

मुँह उठा देखा, सामने समित्रा नहीं सुहाग थी, सकुचाई-सी, पछताई-सी।

—पिछले पहर ऐसी आँख लगी कि नित के नियम से ही चूक गई। मुझे आवाज़ ही दी होती, अम्मा !

धनवन्ती कुछ बोली नहीं। फीकी-बुझी नज़र से जाने कहाँ देखती रही। फिर अचानक बाँहें बढ़ा सुहाग से जा लगी—मेरे जीने का कोई हीला नहीं। मुझे तो अब मरना ही सोहता है।

सोचकर कि अम्मा का ध्यान फिर फूलाँ और गुलजारी की कृतघ्नता पर अटका-भटका है, सुहाग ने मीठी झिड़की दी—समित्रावन्ती झूठ नहीं कहती कि अम्मा, तुम फूलाँ और गुलजारी के तुल किसी और को नहीं गिनतीं।

धनवन्ती ने सिर हिलाया—न-न, बहू, यह बात नहीं।

सुहाग ने उलाहना दिया—यही बात है, अम्मा ! नहीं तो तुम-सी सयानी को कौन समझाए कि जो भोला घरवाली के कहे ससुराल जा बैठा है वह एक-न-एक दिन ज़रूर लौटकर माँ के पास आएगा।

सास के माथे पर असमंजस देख सुहाग ने मिन्नत-मनौती की—अम्मा ! मेरी सौगन्ध है जो उन बेअकलों के लिए अपने को और जलाया-कलपाया !

धनवन्ती के रिसते घाव पर मानो मलहम लग गई हो। आँखें पोंछ बहू की आँखों में देख लाड़ से हँसी।

—सुहागवन्ती, तेरी देवरानी जो कहती है, क्या वह सच है ?

सुहाग ने समझ नज़र नीची कर ली।

—अच्छी-भली हूँ, अम्मा...अभी से ही उसकी क्या चिन्ता ?

धनवन्ती ने आँखें पोंछ मन-ही-मन कहा—सिरजनहार, तेरी ही दया है, नहीं तो मुझ ऐसी कर्म-जली के भाग कहाँ जो सुहाग-सी सयानी बहू पाती !

सुहाग ने सास के आगे चाय रखी और तवे पर पराँठा डाल बड़ी सयानियों-सा समझाकर कहा—अम्मा, दिल यूँ छोटा किया जाता होगा ?

—न-न, बहू, पहले अपने बापू को खिला-पिला आ, मुझे रत्ती-भर भूख नहीं।

सुहाग ने पराँठा उतार रकाबी में डाल दिया और गुस्सा कर कहा—बापू तो अभी दातुन-कुल्ले में हैं, अम्मा, तुम न खाओगी तो मैं भी व्रती रह लूँगी !

धनवन्ती ने लुकमा तोड़ा तो आँखों में सावन-भादों घिर आए। पराई लड़की इस अभागिन का इतना ध्यान

रखती है !

सुहाग ने सास का ध्यान पलटने को संकोच से कहा—अम्मा, अभी बापू से कुछ मत कहना।

धनवन्ती के तन-मन नया उछाह हो आया। हँसी-खुशी कहा—लो, सुनो, लड़की की बातें ! सुहागवन्ती, ससुर तुम्हारा तो इस दिन को सहक गया है। उनसे तो यह खुशी झेले न बनेगी, बेटी !

मँझली बहू के तीखे-कड़ुवे बोल बिसरा धनवन्ती धनी के पास आई तो पाँव जैसे धरती पर न पड़ते हों।

लिहाफ में सिकुड़े पड़े गुरुदास ने खाँसकर धनवन्ती को जता दिया कि वह नितनेम से फारिग हो चुके। बेसब्री से पूछा—चाय-पानी क्या दुपहरी होगा ?

धनवन्ती ने चारपाई पर बैठ बहू को आवाज़ दी—सुहागवन्ती बेटी ! बापू के लिए कलेवा लेती आ।

गुरुदास उठ बैठे और घरवाली को खबरदार कर बोले—देख साथिन, मेरी बात पल्ले बाँध ले ! बैठी-बैठी हुक्म चलाती रही तो यह बहू भी अलग हो जाएगी।

धनवन्ती झुँझलाई—फूलावन्ती क्या गई कि मैं बुढ़री ही दाग़ी हो गई। बनवारी के बापू, इस उम्र कम-से-कम तुम तो मेरा साथ दिया करो।

गुरुदास हँसे—कहीं तुम्हें मेरी जो शह मिल जाती तो भागवान अब तक घर में दो चूल्हे और होते।

धनी के इस व्यंग्य से धनवन्ती तिलमिलाई। तेवर चढ़ा बोली—बहाने-बहाने मुझे कसूरवार ठहराना है तो साफ क्यों नहीं कहते कि फूलावन्ती बेचारी तो दूध की धुली बिल्कुल निराई थी और मैं हाथ फरसा लिये, पूरी जल्लाद।

गुरुदास और हँसे—मुझे क्यों सुनाती हो, वन्ती ?

भाँवरों के बाद तो तेरे अवगुण कभी चित ही नहीं धरे।

धनवन्ती समझ गई, लड़कों के बापू ने अच्छी गहरी नींद ले आराम पाया है जभी यह मसखरी सूझी है।

सुहाग ने आ चाय का गिलास और पराँठा ससुर के आगे रखा तो धनवन्ती ने छेड़-छाड़ की—सुहाग बेटी ! सास का लिहाज न कर, निधड़क हो अपने बापू से कहती जा कि अम्मा तेरी कितनी बड़ी जालिम है।

सुहाग मुँह-ही-मुँह हँस, छोटे से घूँघट में से त्यौरियाँ दिखा बाहर चली गई तो धनवन्ती ने हँस दिया—बहू की चितवन में कोई नालिश-उलाहना दीखा, महाराज ?—फिर एकाएक गम्भीर हो गई—मन में कोई भली खबर सुनने की हिरस हो तो कहूँ ?

चाय का घूँट भरते-भरते गुरुदास रुके—धनवन्ती, बुढ़ापे में मनुक्ख किस भली खबर की आस लगाएगा ? पड़े-पड़े जो पहाड़-सा दिहाड़ा निकल जाए सो ही अपना !

धनी की बात सुन वन्ती का अपना जी उदास हो आया, पर मीठी-घुड़की देकर कहा—इतना ज्ञान न बघारो, महात्मन् ! खबर सुनाऊँगी तो फिर गृहस्थी हो जाओगे।

चुँधी-चुँधी आँखों से गुरुदास ने घरवाली की ओर ताका तो आप ही सब समझ गए। धनवन्ती सदा ऐसी ही सुच्ची-मिट्ठी नज़र से बाल-गोपाल के आगमन के सन्देसे देती रही है।

—बहू के लिए झुमके बनवाने हैं, बेटा।

माँ ने जितनी आजिजी से कहा, बेटे ने उतने ही अचरज से देखा।

—बनवारी लाल, इस घड़ी तुम्हें हाट-बाजार की औकड़ मुश्किल हो तो भी, बेटा, ना न करना।

माँ के स्वर में ऐसी लाचारी भाँप बनवारी लाल मन-ही-मन हँसा। सुहाग के दिन क्या चढ़े हैं कि आए दिन अम्मा नई-से-नई शह मँगवाती है। हँसकर कहा—अम्मा ! सुहाग भले तुम्हारी आँख-चढ़ी बहू हो, पर मैं तो इसे बिगाड़ने से रहा।

धनवन्ती खिल आई—बेटा, बहू तो मेरी लाखों में एक है। इसे बिगाड़नेवाले हम माँ-बेटे कौन ? सच पूछो तो ऐसी हीरा लड़की को सोने-चाँदी की झलक क्या ? इसकी शोभा तो किसी हार-कंगन की गुलाम नहीं।

बनवारी लाल ने लेटे-लेटे माँ की ओर देखा और गर्वीले कंठ से कहा—अम्मा ! मन में जो हो सो खुलासा कह दो। तुम्हारे हुक्म में देर कैसी ?

बेटे के मान से धनवन्ती की देह-आत्मा सभी तृप्त हो गए।

—बनवारी लाल, जिस अम्बरी के तुम दोनों-से बहू-बेटा हों, वह तो बिना राजपाट ही मलका महारानी !—फिर गला तनिक धीमा कर कहा—बेटा, झुमके तो सरदारी की बहू के लिए गढ़वाती हूँ।

बनवारी लाल माँ की ओर देखते रहे कि अभी कुछ और सुनना है।

धनवन्ती बेटे के पास आ बैठी और फुसफुसाकर बोली—बेटा ! उस दिन जो मँझली ने बड़ी बहू की खुशी की खबर मुझे दी तो चंगी-भली थी, हँस-हँस जिठानी की बात करती रही और खुश होती रही। फिर एकाएक जाने क्या हुआ कि सिर पर भूत सवार हो आया। झल्लाती-फुंकारती गुस्से में तड़पने लगी। बेटा, क्या कहूँ ? इस

लड़की का पार किसी ने नहीं पाया। अच्छी हो तो अच्छों से अच्छी और बुरी हो तो बुरों से भी बुरी। रौ आए तो सखी हो अपना बचा-बचाया हाज़र कर दे, रौ आए तो ऐसी बेगैरती कि घरवाले पर थू-थू !—धनवन्ती ने आँखें नीची कर लीं—क्या कहूँ, बनवारी लाल, इस मुँह बोल नहीं जुड़ते।

फिर रुक-रुक कहा—बहू तो तुम्हारे भाई को गाली निकालती है। तुमसे पूछती हूँ, बेटा, भाई तुम्हारा संग-सेहत में तो पूरा है ?

बनवारी ने माँ से आँखें नहीं मिलाईं। गला खँखारकर कहा—सरदारी में कोई दोष नहीं, अम्मा ! यह जरनैली नार छोटे-मोटे मर्द के बस की नहीं !

धनवन्ती घड़ी-भर चुप बनी रही, फिर ठुड्डी पर हाथ रख कहा—बेटा ! अपने-पराए जो बहू की बातें करते-फिरते हैं, है कोई सार उनमें ?

—सच-झूठ का निस्तार करनेवाला तो, अम्मा, कोई और ही है, पर सरदारी की बहू के ढिब अच्छे नहीं।

धनवन्ती की साँस गले में अटक गई—बेटा..

—अम्मा, इकबालो भुया के लड़के निहाले को जानती हो न ? भरी मंडी में दूकान से बैठे-बैठे आवाज़ें कसता है, भाऊ बनारसी यार, भाभी के पास बैठा हो तो कहना, निहाला याद करता था।

धनवन्ती से सुना नहीं गया। कान पर हाथ धर लिये—न-न, बनवारी बेटा ! इस बात के कोई पाँव-पंख नहीं ! सौंह ठाकुरों की ! मेरे रहते मेरे घर पराए मर्द की परछाईं भी नहीं।

बनवारी के माथे के तेवर और ऊपर जा चढ़े। कई देर जैसे मन-ही-मन दलीलें करता रहा, फिर भारी गले

कहा—अम्मा ! धूल झोंकने के हज़ार ढंग।

धनवन्ती का चेहरा 'फक्क' हो गया। मुश्किल से इतना-भर कहा—भरी-पूरी गृहस्थी है बेटा, कोई अन्धेर पड़ा है ?

बनवारी ने लम्बी साँस ले सिर पर हाथ फेरा—क्या कहूँ अम्मा, तुम्हारे मन का ही भरम-भुलावा है। सच पूछो तो इस घर की कोई इज़्ज़त-आबरू अब बाकी नहीं।—बारी-बारी हाथ की अँगुलियाँ चटखा माँ को मर्म की बात समझाई—दस-बीस आँखें मँझली बहू के बहाने इस घर पर लगी रहें, अम्मा, यह अच्छा नहीं। कुछ ऐसा साधो, प्यार-मनुहार से कि दो-चार महीने अपनी माँ के यहाँ लगा आए।

धनवन्ती की आँखों के आगे अपनी समधिन बालो का चेहरा घूम गया—उस अफराऊ माँ के पास तो और चौड़े चान्नन होंगी, बेटा। प्रारब्ध की बात समझो, बनवारी लाल, हमारे भाग पड़नी थी, नहीं तो माँ-बेटी के कसबों का हमें भी कोई सुराग मिल जाता, पर तकदीर के आगे किसका जोर ?

—अम्मा !

दहलीज पर से सुहाग ने पूछा—अम्मा, दूध को जाग लगा दूँ न ?

अनमनी-सी धनवन्ती ने सिर हिलाया—हाँ, बहू।

फिर सुहाग के पीठ मोड़ लेने पर कहा—बेटा, सिर पर जो आ बनी है, निभानी ही होगी। पर बहू से कोई चिन्ता-फिकर की बात न करना। हाँ, रे, सरदारी आज परता नहीं ?

—खेड़े में हिसाब-किताब निबटाना था, अम्मा, वह शाम से पहले तो क्या लौटेगा।

दहलीज तक जा धनवन्ती एक बार और मुड़ी—बेटा, गुलजारी से तो टाकरा न हुआ होगा ?

माँ की ओर देख बनवारी हँस दिया—अभी लाला को ससुराल की चंगी-चौसी खाने दो, अम्मा। आप ही लाला राह पर आएगा।

धनवन्ती उठ बाहर आई। मँझली बहू का बन्द किवाड़ देख पाँव रुक गए। हाथ से खटकाकर आवाज दी—समित्रावन्ती, बेटी, आज इतनी जल्दी सो गई ?

मित्रो ने द्वार खोलने से पहले ही सास का सत्कार किया—समित्रावन्ती-समित्रावन्ती ! सोई पड़ी को भी चैन नहीं। मित्रो न हुई कि घर की ड्योढ़ी में लगी कोई मोतियों की झालर हो गई ! उसे अभी चोर पड़े कि अभी डाकू पड़े !

कपाट खुलने तक धनवन्ती ने जाने क्या-क्या सोच मारा। सौ बार तो जियरा धड़का। सरदारी आज घर नहीं, कहीं और ही गुल तो नहीं खिला बैठी ?

साँकल उतरी, किवाड़ खुला और भूरी आँखों मँझली ने घूरकर धनवन्ती की ओर देखा—सासु जी, मेरे अगोचर, ऐसी क्या आन पड़ी कि सोई पड़ी को जगा दिया ?—फिर आँखों को चढ़ा-झमका पूछा—क्या दूध-मलाई खिलाने आई हो, माँ जी ?

धनवन्ती अन्दर आन खड़ी हुई—बेटी, तुमसे क्या दूध-मलाई अच्छी है ? चाहो तो रोज़ हाज़र करूँ ?—कह धनवन्ती हँस दी—अपनी बुढ़िया सास को बोली-ठोली मार ले, बेटी, मैं क्या बुरा मनाऊँगी ?

मित्रो ने सास को अरखा-परखा और भौंहें चढ़ाकर कहा—अम्मा ! यह खेखन-दिखावे मेरे किस काम के ? जिस गर्ज से आई हो, वही कहो...

धनवन्ती जैसे बहू के लिए पहली बार सास बनी हो—सौ-सौ भाग लगें तुझे, बेटी ! मैं तो तेरे जेठ को तेरे लिए झुमके घढ़वाने को कहने आई थी।

मित्रो के ओठों पर कोई भीनी मुस्कान घिर आई। ठुमककर कहा—मुझ पर ऐसी मेहर क्यों, माँ जी ! कौन मित्रो तुम्हारी पुत्र-पोते जनने बैठी है ? झुमके तो दिलवाओ अपनी उस भाग-भरी बहू को जिसकी कोख खुलनेवाली है !

धनवन्ती गुस्सा नहीं हुई। उल्टे समझाकर कहा—बिसर गई बातें, समित्रावन्ती। अरी, तेरी जिठानी को क्या अनोखा पेट रहा है ? तू खुलेगी तो एक नहीं, इस आँगन सात-सात खेलेंगे।

मित्रो पहले सास को घूरती रही। फिर पलत्थी मार नीचे बैठ गई और मुँडी हिला-हिला बोली—भिगो-भिगोकर और मारो, अम्मा ! पाँच-सात क्या, मेरे तो सौ-पच्चास होंगे !—फिर ओठों पर आड़ी-तिरछी कुटिल मुस्कान फैल गई। आँखें मटकाकर कहा—मेरा बस चले तो गिनकर सौ कौरव जन डालूँ, पर, अम्मा, अपने लाडले बेटे का भी तो आड़तोड़ जुटाओ ! निगोड़े मेरे पत्थर के बुत में भी कोई हरकत तो हो !

धनवन्ती के बदन पर काँटे उग आए।

—छिः-छिः बहू ! ऐसे बोल-कुबोल नहीं उच्चारे जाते !—फिर बनवारीलाल की बात का ध्यान कर समझाया—बेटी, ऐसे दिल छोड़ने की क्या बात ? सौ जन्तर-मन्तर, टेर-टोटके, फिर जब मेरी बहू ही साकखयात शक्ति...

मित्रो हि-हि हँसने लगी—अम्मा, मैं तो ऐसी देवी कि छूने से पहले ही आसन विराज जाऊँ, पर भक्त

बेचारा तो...

धनवन्ती ने बहू के मुँह पर हाथ रख दिया—बस, बहू !—फिर एक ही साँस में गुस्सा पी बहू को लाड से कहा—एक कहा मेरा भी मान के देख लो, समित्रा रानी !

मित्रो को सच ही में मुँह उठाए, आस लगाए देख धनवन्ती ने पास फेंका—बेटी, तू मेरा कहा करे तो महीना-दो माँ के यहाँ रह व्रत-उपवास कर। इस बीच यहाँ की मैं सँभाल लूँगी। बहूरानी वहाँ से आएगी तो सब मनचाहा पाएगी।

मित्रो को बिना माँगे मन की मुराद मिल गई। मन-ही-मन जाने पीहर के किन-किन मित्र-प्यारों को याद किया और उछाह से सास के आगे माथा टेककर इठलाकर कहा—बड़ी सरकार ! तुम्हारा कहा सिर-माथे ! जो कहोगी, जैसा कहोगी, वैसा ही करूँगी। अपने कन्त से आनन्द पाने को महीना-दो क्या, मैं पूरे चौबीस पक्ख व्रती रह लूँगी।

माँ ने लड़की की ओर ताका, लड़की ने भाइयों की ओर। कोई कुछ कहे-कहे कि गुलजारी लाल ऊपर की सीढ़ियाँ चढ़ आया।

मायावन्ती ने घूरकर फूलाँ की ओर देखा और हाथ मल-मल कहा—देख ली न अनोखी अदा अपने गबरू की ! तड़के का गया-गया लाढ़ा अब लौटा है और घरवालों से न कलाम, न सलाम। इस चुप्पे को सीधा न समझ, पूरा घुन्ना है, घुन्ना !

पाटिए पर से उठते-उठते सत्ती ने डकार ली और हाथ झिनकाकर कहा—अम्मा, खरी-खरी कह दो, यहाँ

सदावर्त नहीं खुला कि लाला बैठा-बैठा रोटियाँ तोड़ता रहे और कौड़ी-भर का काम कहें तो गुप्त काशी जा लुके।

मायावन्ती ने चौकन्नी हो इधर-उधर देखा और लड़की को हाथ से विराम दे बहू को आवाज़ दी—बेटी, गुलजारी लाल थाका-माँदा घर आया है, उसकी थाली तो परस।

गुस्से में जलती-बलती फूलाँ सीधी ऊपर चढ़ गई। चिक उठा अन्दर आई और गुलजारी को चारपाई पर लेटे देख जवाब-सवाल को तैयार हो गई।

—आज सवारियाँ कहाँ जा विराजी थीं ? मैं भी तो सुनूँ ?

गुलजारी ने न आँख परतकर देखा, न कुछ कहा ही।

फूलाँ और तड़पी—भाबो बिचारी कब से रोटी लेकर बैठी है ! खा-पी आओ, फिर जो मन आए करना।

गुलजारी लाल अब भी हिला नहीं। खाली आँख मूँद, मुँह पर धुस्सा खींच लिया।

घरवाले से ऐसी नियादरी होते देख फूलाँ की छाती जलने लगी। पाँव उठा पास आई और हाथ बढ़ा घरवाले के मुँह पर से लोई उघाड़ दी—मैं बुरी लगने लगी हूँ तो मुझे चुटकी-भर संखिया ला दो ! मेरे घरवालों के सामने तो मेरी इज्जत-पत रहने दो !

गुलजारी ने खिंची-खिंची एक नज़र फूलाँ पर फेंकी और दोबारा मुँह ढाँप लिया।

फूलावन्ती सकते में आ गई—सच कहती है भाबो, सच कहती है। जरूर अपनी अम्मा-द्वारे माथा टेककर आए हैं !—फूलावन्ती ने झट पल्लू से नाक पोंछी, पट आँखों से पानी गिरने लगा। दो-चार पल बीते-न बीते कि हिचकियों का तार बँध गया।

देख गुलजारी ने दीवार की ओर करवट ले ली तो फूलाँ ने माथा पीट लिया—न रहें नदीदे वे, जो जादू-टोने कर मुझसे तुम्हारा मन फिराते हैं ! न रहें, जो तुम्हें उलटी पट्टियाँ पढ़ाते हैं।

आवाज सुन मायावन्ती बीच-बचाव को ऊपर आन पहुँची। हाथ में थाली ले दहलीज पर से लड़की को झिड़का—कुछ समझ कर री फूलाँ ! लड़का काम-धन्धे से थककर लौटा है, आते ही बक-झक करने लगी ! बेटा गुलजारी लाल, कुछ खा-पी मुँह जूठा कर !

गुलजारी ने जैसे उठती-गिरती साँस भी साध ली।

—बेटा, तुम दोनों के गुस्से-गिले तो प्रेम-प्यार के ! उठकर रोटी खा लो तो यह बुढ़िया भी चौके-चूल्हे से निपटे।

सास का त्रिया-हठ जान गुलजारी ने मुँह उघाड़ा और हाथ हिला-हिला कहा—मुझे भूख नहीं, भाबो जी, आप चौका-चूल्हा समेट लो।

फूलावन्ती ने जहान सिर पर उठा लिया—भूख कैसे होगी, बड़े सौदागर को ? निन्दा-ब्याज का सौदा जो खाकर आए हैं अम्मा के घर से !

मायावन्ती ने झूठ-मूठ लड़की को धमकाया—चुप री, मुन्नी !—फिर दामाद की ओर मुड़कर कहा—बेटा गुलजारी, इस भोली की बात का ध्यान न करना। सच पूछो तो तुम्हारी धुन में तो लड़की पगली हुई रहती है। संझा से तुम्हारी राह तकते गले से एक बूँद पानी भी नहीं उतरा। तुम मुँह जूठा करो तो यह भी कुछ खानेवाली बने !

गुलजारी कुछ कहे, करे कि फूलावन्ती को 'दंदल' पड़ गई। खड़ी-खड़ी उसकी आँखें पथराईं और गर्दन लटक दीवार से जा लगी।

—हाय-हाय री, मैं मर गई ! अरे कोई पानी लाओ, अरे कोई...

मायावन्ती ने लपक लड़की को गोद में लिटा लिया और आँखें चढ़ा जमाई से कहा—पत्थर का कालजा तो न कर ले, गुलजारी लाल ! उठकर सँभाल अपनी फूलाँ को।

सास का उलाहना सुन भी जमाई चुपचाप लेटा रहा तो मायावन्ती का तन-मन फुँक गया। गला फाड़ आवाज़ दी—सत्ती...किशना...बेटा, ऊपर आओ !

अपनी-अपनी घरवालियों से तुरत बयानी ले सत्ती-किशना दनदनाते ऊपर आए तो मायावन्ती ने रो-रो माथा पीट लिया।

—बेटा, बहनोई की करतूतें देखना पीछे, पहले बहन की सुध लो !

छुरी-सी दो आँखें, सत्ती ने गुलजारी को घूरा और बहन के मुँह पर पानी के छींटे दे मारे।

मायावन्ती ने चम्मच से मुँह में पानी डाला तो ओठों पर बह आया। एकाएक लड़की का पाँव झटका और ओठ फुसफुसाया—भाबो, कोई गोरी-चिट्टी डायन मेरा कालजा फाड़ती है !

मायावन्ती ने नथुने फुला गुलजारी लाल की ओर देखा, फिर लड़की के सिर पर हाथ फेर-फेर कहा—डायन मुँहझौंसी अपना रक्त आप पीएगी, मुनिया, तू होश में आ ! देख तो सही, फूलाँ, यह रही तेरी भाबो !

मुनिया की आँखें ज़रा-सी खुलीं और मुँद गईं। लड़की फिर बेहोशी में बोलने लगी—हरि के पत्तन जाकर जोगन हो जाऊँगी...मेरे सिर किसी वैरन का शाप है...मेरा साईं मुझसे बेमुख होगा...

दोनों आँखों से आँसुओं की लड़ियाँ बहने लगीं।

मायावन्ती ने बार-बार आँचल से बेटी की आँखें पोंछीं और कान के पास मुँह ले जाकर कहा—श्राप लगे तेरे वैरियों को ! टुक आँखें तो खोल, मेरी बेटी !

जवाब में फूलाँ फिर बुड़बुड़ाने लगी—भाबो, मैं मर गई तो अपने जमाई को कुछ न कहना...तेरे जमाई को मालपूए बड़े भाते हैं...

मायावन्ती ने आँख से जमाई को फटकारा—कान खोल के सुन लो जो मुनिया कहती है !

गुलजारी के सिर तो जैसे इसी की सौंह चढ़ी हो कि न कुछ बोलना है, न कहना है। सास, साले पूछ-पूछ, कह-कह हार गए, पर गुलजारी ने फिर भी मुँह न खोला तो भाइयों ने बहन को हाथों में उठा माँ के पलंग पर जा लिटाया।

नन्दिया के लिए दूध-बादाम-रोगन की दौड़-धूप में फूलाँ की छोटी भाभी ने चार-छः चक्कर ऊपर-नीचे लगाए। मौका देख अन्दर झाँका और गुलजारी लाल को अब भी चारपाई पर विराजमान देख छोटे-छोटे ओठों पर बड़ी-सी मुस्कराहट फैल गई। मोहनी छलका, आँखें नचा हौले से पास जाकर कहा—मान गई, ननदोईजी, मान गई। इन माँ-बेटियों के स्याह-सफेद तुम एक दिन जरूर पहचान लोगे, यह मैंने पहले दिन ही जान लिया था।

मँझली बहू पीहर क्या चली कि जिनको की विदाई के बाद एक बार फिर घर में गहमागहमी मची। धनवन्ती ने बहू के लिए नया जोड़ा मँगवाया। बनवारी ने माँ के कहे मुताबिक भौजाई के लिए झुमके घढ़वा दिए। सुहाग ने

देवरानी के लिए दुरंगी ओढ़नी रँगकर गोटे की गोट टाँक दी।

खुशी में झूमती-इतराती मित्रो जिठानी पर खुश हो आई—उलटी चाल, जिठानी ! लोग तो गौना कर आते हैं सासरे और मैं मकलावा लेकर जाती हूँ पीहर !

सुहाग हँसी—देवरानी, अम्मा तो भेजने को इसलिए राजी हुईं कि लौटती बार तुम खुशियों की पोटली संग बाँध लाओ।

मित्रो चमकी—भली कही, जिठानी ! मेरे पीहर क्या खुशियों की पनीरी लगती है ?

सुहाग ने हँसकर देवरानी की ओर देखा—सो तो सच कहा, देवरानी ! खुशियाँ कहीं उगती-बिकती होंगी ! अरी, ये तो मनुक्ख के मन में उपजती हैं।

—लो और सुनो ! मन के ज्ञान-ध्यान की चर्चा कर एक दिन मेरी जिठानी जरूर सन्तनी हो जाएगी ! अरी, खा-पी, मौज करो ! इस बुलबुले का क्या भरोसा ! आज है, कल नहीं !

सुहाग ने बात बदली—बहना ! तुम्हें कब तक की छुट्टी...

मित्रो ने आँखें मटकाईं—आते-जाते दो महीने, बस !

सुहाग हँसी—सरदारी देवर को भी तूने सन्त-महात्मा समझ लिया, देवरानी ? जिस घड़ी तेरी याद आई उसी पल अपनी सोहनी-मोहनी को लिवा ले आएँगे !

मित्रो ने जिठानी की आँखों में आँखें डाल पूछा—न आऊँ तो ?

—आओगी कैसे नहीं, बहना ? जहाँ विराजें शिवजी वहाँ उनकी पार्वती !

मित्रो जिठानी पर रीझ गई। सुहाग की ठुड्डी छू

कहा—हुआ कौल-करार, जिठानी ! जिस दिन आऊँगी, तुम्हारा और तुम्हारे महादेव का हल्वा-पूरी अपने हाथों करूँगी।

सुहाग को मन्द-मन्द मुस्कराते देख मित्रो ने छेड़खानी की—सच-सच कहना, जिठानी, तुम जो जेठ को छोड़कर जाओ तो कितने दिनों में परतो ?

सुहाग तनिक-सा लजाई, फिर मुस्कराकर कहा—एक नहीं तो दो, दो नहीं तो चार, चार नहीं तो छः...छः नहीं तो हफ़्ता-दस, दस...और कितने ?

जिठानी के मुँह से ऐसा हिसाब सुन मित्रो को जैसे अंग-अंग रस आ गया। चटखारे ले-ले ओठों पर जबान घुमाई और आँखें नचाकर कहा—कलजुग, जिठानी, घोर कलजुग ! तुम-सी सीधी नार के मन ऐसे हुलेरे ?

सुहाग कई पल देवरानी की ओर देखती रही, फिर हौले से पूछा—मित्रो बहन, अम्मा ने जाने को कह दिया सो ठीक, पर क्या देवर की रज़ामन्दी से जाती हो ?

मित्रो की आँखों में पारे की-सी चमक आई और ओझल हो गई। मुँह बिचकाकर कहा—ऐसे ही मर्द-जने की हुक्मबन्द लौंडी हूँ न ! मिलाने को तो रातों मुझसे नज़र न मिलाए, मैं उसके तहबन्द के पल्लू खींचती रहूँ।

ख़बरदारी की अँगुली दिखा सुहाग ने बड़ी कड़वी आँख से तरेरा—सरदारी देवर देवता पुरुख है, देवरानी ! ऐसे मालिक से तू झूठ-मूठ का ब्यौहार कब तक करेगी ? यह राह-कुराह छोड़ दे, बहना। एक दिन सबको उस न्यायी के दरबार में हाज़र होना है !

मित्रो ने सदा की तरह आँख नचाई—काहे का डर ? जिस बड़े दरबारवाले का दरबार लगा होगा, वह इन्साफी क्या मर्द-जना न होगा ? तुम्हारी देवरानी को भी हाँक पड़

गई तो जग-जहान का अलबेला गुमानी एक नज़र तो मित्रो पर भी डाल लेगा !

मित्रो को बत्तीसी निकालते देख सुहाग ने टोहका दे देवरानी का सिर नीचे झुका दिया—हरि-हर हरि-हर ! मुझ-सी जिस पापन ने इन बातों को सुना, वह भी गुनाहगार ! बहना, नाक रगड़, नसीहत निकाल !

मित्रो ने ऐसा सब-कुछ नहीं किया। हँसती-हँसती उठ खड़ी हुई। फिर जिठानी को चिढ़ाने को कमान-से दो तेवर माथे पर चढ़ा लिये और ठेंगा दिखाकर बोली—बस-बस, जिठानी सुहागवन्ती ! अपने भय-भूत, डर-धमकावे अपने ही पास रहने दो ! वह जन्म-मरण का हिसाबी सयाना पादशाह तुम्हारा ही सगा-सम्बन्धी नहीं, मित्रो का भी कुछ लगता है।

धनवन्ती ने चूल्हा-चौका सँभाल बहू के लिए दूध औटाया। झाग मार छूनियोंवाला गिलास भरा और आँचरे से ढाँप सुहागवन्ती के कमरे की ओर चली। किवाड़ों की विरलों से छन-छन आता बहू-बेटे के कमरे का उजियाला देख माँ की अँखियाँ सौ सुखों हुलस गईं। भिड़ा किवाड़ ठेला। अन्दर आई तो चारपाई पर लेटी बहू को देख देह-की-देह तृप्त हो गई। ढीले-ढाले झबले में चिट्टी-पीली चेहरे की लुनाई निरख मन-ही-मन मनाया—सीधी नज़र हो प्रभु की ! दीखती ऐसी है बनवारी की बहूटी कि कोई रानी-महारानी हो !

—सुहागवन्ती !

सास का घना-मीठा स्वर सुन अलसाई-सी सुहाग उठ बैठी और संकोच से बोली—अम्मा, मुझे ही जो आवाज़

दी होती।

धनवन्ती ने ओढ़नी का खूँट खोल आँवलों की फक्की बहू की तली पर डाल दी—फाँक ले, बेटा। ऊपर से तत्ते-तत्ते दो घूँट भरेगी तो अन्दर हरा हो जाएगा।

दूध पी सुहाग ने गिलास नीचे रख दिया तो धनवन्ती ने हाथ बढ़ा बहू को सीधे लिटाया और हौले-हौले बाँहें, कन्धे सहलाने-दाबने लगी। सुहाग पहले झिझकी-सकुचाई, फिर आराम पा चुपचाप पड़ी सास की ओर तकती रही।

—अम्मा, मँझली की पहुँच की कोई खबर नहीं। देवर को तो संझा तक लौट आना था।

—दो-एक दिन समधिन ने रोक लिया होगा, बेटी। कौन तुम्हारा देवर आए-दिन ससुराल चढ़ा रहता है ?

घड़ी-भर को धनवन्ती जी-ही-जी कुछ भार-तौल करती रही। फिर सुहाग से पूछा—सुहागवन्ती बेटी, तुमने भी एक-दो साल देवरानी को देखा-परखा है, सच-सच कहना, दुनिया जो अलाय-बलाय बहू के सिर भिड़ाती है, वह क्या तुम्हें सच भासता है ?

सुहागवन्ती उठ बैठी। लम्बी साँस भर सास की ओर देखा और धीमे से कहा—हम विचके जन अपनी छोटी बुद्धि से दूसरों के छल-छिद्र, दोष-विचार क्या पड़तालें, अम्मा ? खुली-डुली देवरानी एक घड़ी स्याह, दूसरी घड़ी सफेद। उसके मन में क्या है, वही जाने, पर तन उसके तो ऐसी प्यास व्यापती है कि सौ घट भी थोड़े।

—बहू ! तेरे देवर को जो-जो कहती-सुनती है, सोच-सोच मेरी देह फुँकने लगती है।

सब समझ सुहाग ने सास को ढाढ़स बँधाया—अम्मा, तुम्हारे आगे अब मुँह क्या खोलूँ ? यह तो इस मुँहफट के कस्बी-दिल के छिलके-छिल्लड़...

धनवन्ती का चेहरा पहले तमतमाया फिर लम्बी साँस ले बोली—बेटी, उठते-बैठते मालिक से यही माँगती हूँ कि हे सिरजनहार ! इसकी अच्छी-बुरी सहने को मेरे बेटे को सिदक दे और इस नक्कछिकनी के जी में भी कोई ऐसा मन्त्र फूँक कि बहू बन—पुरखों के कुल-कबीले की इ़ज़्ज़त-पत तो रख ले !

बहू को उबासी लेते देख धनवन्ती उठ खड़ी हुई। अच्छी तरह कपड़ा ओढ़ाया और फिर जाते-जाते कहा—चिन्ता-फिकर छोड़ निश्चिन्त हो सो, सुहागवन्ती ! चलकर बनवारी को पठाती हूँ, जाने तेरे बापू के संग किन किस्से-कहानियों में उलझा बैठा है !

धनवन्ती दहलीज तक गई कि पीछे से बहू ने पुकारा—अम्मा !

धनवन्ती मुड़ी, फिर बहू के पास आ पूछा—बेटी, कुछ चाहिए था ?

सुहाग ने सिर हिलाया—न-न, माँ जी !—फिर रुक-रुककर कहा—कहने को तो कह बैठी हूँ पर एक बात मेरे चित आती है, अम्मा, कि मँझली को तौलने-परखनेवाली मैं कौन ?

धनवन्ती खड़ी-खड़ी अपनी भले जी वाली बहू को तकती रही। तकते-तकते ऐसा प्यार उमड़ा कि आँखें छलछला आईं। हाथ बढ़ा सिर पर प्यार फेरा—तेरे मन में कोई द्वैत-मैल नहीं सुहागवन्ती, मालिक तुझे बड़े-बड़े भाग लगाए !

बाहर आ धनवन्ती ने आँगन से ही हाँक दी—बनवारी लाल !...बेटा, कोई राह-ढंग। जहान-भर की अच्छी-बुरी क्या सब आज ही निबड़ जाएगी ? तेरे बापू को तो कोई देर-सबेर नहीं, पर उधर मेरी बहू तो साने-सी बैठी है।

बनवारी को उठते देख गुरुदास हँस दिए। खिचड़ी मूँछों-तले जाने कैसी चुहल उभर आई—जग-जहान बदले, बनवारी लाल, पर तेरी अम्मा के तीर-तरकस न बदले !

बाँह फैला बनवारी ने धुस्सा ओढ़ा और जाते-जाते माँ को हँसती नज़र देख कहा—बापू ! इन तीरों की बौछार जो तगड़ा झेल ले फिर अम्मा के छाज-जितने दिल से उसके लिए सोना-ही-सोना !

धनवन्ती मन-ही-मन बेटे पर खुश हुई। लाड से पीठ पर धौल दे बोली—हुया-हुया ! बाप-बेटे को मुझी से मसखरी सूझी है ?

बनवारी लाल लम्बे-लम्बे डग भर अपने कमरे की ओर चला तो दहलीज में खड़ी-खड़ी धनवन्ती ऐसे निहारती रही, जैसे आँगन पार करता उसका अपना बेटा न हो, कोई राजकुमार हो। बेटा को द्वार भिड़ाते देखा तो आँखों में कोई भूला-बिसरा सपना झिलमिला गया !

उसी दिन तो लाल मेरे पेट पड़ा था, याद कर आँखों पर से नन्ही-नन्ही फुहार बरसने लगी। धनवन्ती मुस्काई। चेता तो ऐसे आया कि अभी कल की ही बात हो। और भाग-भरे बीच के तीस साल ऐसे निकल गए कि वे गए और वे गए ! कैसी बालड़ी उम्र थी ! न उठने-बैठने की समझ, न जग-जहान का होश।

एक तड़के जो खाया-पीया, इस गले के नीचे न उतरा तो दूल्हा मेरे ने घर-भर सिर पर उठा लिया।

—जरूर कोई भारी-सकील बस्त खाई है, वन्ती, तूने ! जा, अम्मा से ले कोई चूर्ण अजवायन खा।

अम्मा ने पास बुला खोज-खबर की तो हँसकर कहा—बस-बस ! गुरुदास अब अपनी हिकमत अपने पास रहने दे। तेरी जितनी चलनी थी, चल गई।

दहलीज़ पर बुत-सी बनी धनवन्ती को देख गुरुदास ने आवाज़ दी—कब तक खड़ी-खड़ी घर-आँगन ताका करेगी ? सच पूछ तो इस घर की रौनक तो मँझली बहू ! भले बोली-ठोली में तेज़-तर्रार, पर उठते-बैठते चहकती-कुहकती तो है !

धनवन्ती ने मन-ही-मन बहू की बड़ाई मन के एक ओर सरका कपाट लगा दिया।

बत्ती बुझा खटिया पर लेटी तो उदास गले बोली—बहुओं की एक तरफ़, घर में बेरौनकी न होगी ? ले-दे के तीन बेटे और उनमें से भी एक न्यारा हो बैठा।

गुरुदास गुलजारी की बात न छेड़ना चाहते थे। एक बार जो वन्ती ने यह महाभारत छेड़ा तो फिर अगली-पिछलियों की भीर हो जाएगी।

बात बदलकर कहा—नींद न आती हो तो, साथिन, घड़ी-भर मेरे ही पास आ बैठ।

धनवन्ती उठ धनी के पास आ बैठी और लिहाफ के छोर से हाथ बढ़ा सहज-सहज पाँव दाबने लगी।

एकाएक हल्की-फुल्की हो कहा—याद है न, जी ! तुम्हारे बनवारी के जन्मते अम्मा ने मन-भर लड्डू करवाए थे !

पुरखिन का ध्यान बदला देख गुरुदास हँस दिया—समझ गया, धनवन्ती, समझ गया ! ये तेरी चालें-तरकीबें तेरे अपने पोते के लिए ही तो !...भगवान, जो तेरे मन इसी की साध है तो तू दो मन करवा लेना !

सुनकर धनवन्ती का रोम-रोम पुलकित हो आया। ऐसी सुखी हुई कि जैसे जन्म ही सुफल हो आया हो। देवता-स्वरूप मेरे साईं सच्चे के मुँह से जो सीधे स्वभाव निकल गया, वह जरूर सच होकर रहेगा।

फिर एकाएक अपने को चेताकर रोक दी—सब्र से धनवन्ती, सब्र से ! इतना हुलास पचाएगी कैसे ?

पलक गिरा कुछ कहने को हुई कि लड़कों के बापू की आँख झपक गई। अडोल हाथ खींच ऊपर का कपड़ा समेटा, उठने को हुई कि गुरुदास आँखें खोल ऐसे तकने लगे कि सोए ही न हों।

पिछली बात का तार छू बोले—धनवन्ती ! यह घर-गृहस्थी तो मोह-माया की फुलवाड़ी ! एक बार खिली नहीं कि मनुक्ख नाशुक्रा बेर-बेर हाथ पसारे दाते से कुछ-न-कुछ माँगता ही जाता है। छोटी-सी बात मेरी पल्ले बाँध ले, साथिन ! जो थोड़ा-बहुत दान-पुण्य, धर्म-कर्म इस चलते भंडारे से निकल जाए सो ही सुफल।

कुसुम्भी जोड़े पर लहरिये की ओढ़नी ओढ़ मित्रो सरदारी लाल के संग ताँगे से उतरी तो नूर महल के अड्डे पर कोई अनोखी अचरज-भरी हलचल मच गई। तिमंजिलेवाली बालो की गोरी जाई हँसती-इतराती अपने ब्याह-परणाये खसम के साथ पीहर आई है ! बाज़ार के दाएँ-बाएँ हटवानियों के तौल-तराजू हाथों में ही रह गए। किसी का दिल मसका, किसी ने आह भरी ! किसी का कलेजा मचला और किसी की कसकती आँख बालो के धी-जमाई पर अटकी रह गई। औत्तार ने माप का गज हाथ में लिये-लिये रवेल सिंह को आवाज़ दी—यार रवेल सिंह, आई बसन्त और पाला उड़न्त !

रवेल सिंह ने आँख मार फटकारा—फिटक, ओ औत्तारचन्द ! तुझे पाला-कक्कर पहले ही मार गया ! मेरे

यार, चूल्हा जला सेंक ले अपने हाड़-हड्डियाँ, नहीं तो कल अखाड़े कैसे उतरेगा ?

मित्रो से हाथ-भर ऊँचे सरदारी लाल ने कान खोल-खोल सुना, दाँत पीस-पीस पचाया और नजर नीची कर ससुराल की गलियाँ लाँघता चला।

बेली हलवाई ने जलेबियों का ताजा पूर निकालते-निकालते बोली कसी—सौ झरोखीवाली एक बैठक और नूर महल में, यारो ! पर बेलीराम को क्या ग़म ? उसकी कड़ाही से तो दोने बन-बन जाएँगे।

नुक्कड़ पर लक्खी सुनार ने फूँक मार शोहदे मद्दी को आवाज़ दी—ओ, मद्दी, ओ, अपने कल-पुर्जे सही कर ले ! बड़ा जबर मैदान है !

चुपके-चुपके मुँह में हँसती मित्रो सैंया के संग-संग ऐसे कदम मिलाती रही कि पाँव-तले कोई गन्दी बिछरी गली न हो, ऊँची अटारी की बारहदरी हो।

घर की ड्योढ़ी पर पसरे मुच्छैल पहलवान को धी-जमाई की जय-सत्कार बुलाते मित्रो की जग-जानी बीबी पैड़ियों से उतर नीचे आई तो आगे बढ़ मित्रो ने कसकर माँ को गलबाँही दे भींच लिया। इस ओर, उस ओर फिर माँ की ठुड्डी पर हाथ डाल हँस-हँस कहा—अह-हय ! सोने की हँसुलीवाली मेरी वजीरनी माँ ! तख़्त-ताजवाली कब से बन गई ?

मर्द-सी ऊँची ओठों बालो ने लड़की का माथा ऐसे चूमा कि मिश्री का कूजा हो—मैं वारी-बलिहारी, मेरी मक्खनी !—फिर जमाई को देख लड़की को थापी दी—अरी, जादूगरनी ! मुझे मेरे बेटे से भी भेंटने दे !

सरदारी लाल ने सास के पाँव छुए तो बालो ने असीम बरसाए—सौ-सौ जवानियाँ मानो, सरदारी लाल !

चुहल करती माँ-बेटी पैड़ियाँ चढ़ने लगीं तो बालो की हवेली में मानो बहार की कोयलिया कूकने लगी। कभी हिन-हिनकर माँ हँसती, कभी खिल-खिलकर बेटी।

बाँहें फैला मित्रो ने अल्हड़ अँगड़ाई ली और माँ को ऐसे निहारा जैसे कोई बचपन की सहेली हो और हँस-हँसकर कहा—अपने कबूतर-से दिल को किस कैद में रखोगी बीबो, यह तो नित नया चुग्गा माँगेगा !

बालो ने लड़की की ओढ़नी-तले उभरे दो जोबन देखे और ओठों पर फीकी मुस्कान बिखेरकर बोली—तेरी यही शीरीं बातें सुनने को मैं तरस गई थी, मित्रो !

जमाई की खातिर में रात बालो के घर ऐसे-ऐसे पकवान पके कि मीठी-नोनी मुश्कें हवा में लहराती-फहराती पड़ोसियों के यहाँ भी जा पहुँचीं।

शोख धानी जोड़े पर बोस्की की चिट्टी चादर ओढ़ बालो जमाई को परसने बैठी तो सरदारी लाल को मित्रो की माँ अपनी सास-सी नहीं दिखी। ऐसा लगा, कोई कारोबारन धन्धेवाली व्यापारिन हो। काली-सी मजबूत बाँहों में कुलफोंवाले चूड़े और कानों में झूलते बड़े-बड़े लम्बे बुन्दे।

जमाई से सटकर बैठी अपनी जाई को देख तन पर एक बार तो कोई सँपीली सरसराहट लहरा गई। एक नहीं, बालो ने सौ-सौ मर्द नचाए अपने इशारों पर, बस एक खसम का सुख न बदा था इस अभागी के भाग !

मन का खोट छिपा लड़की से कहा—अरी मित्रो, तू कब से पंडित की पाँत ? अपने साईं के संग थाली में न

खाएगी तो क्या...

मित्रो ने जैसे माँ के दिल का पूरा-पूरा वरक पढ़ लिया। भौंहें चढ़ाकर छेड़ा—तुम्हारे जमाई से अच्छा-बुरा बाँटने का मेरा तो ठेका ही ठहरा, बीबो, पर आज तू ही खुशी कर ले !

सुन सरदारी लाल शर्म से पानी-पानी हो गया ! एक-दूजे को उखाड़ती-पछाड़ती ये कैसी माँ-बेटियाँ !

खा-पी सरदारी ने थाली से हाथ खींचा तो मित्रो अपनी भूरी आँखें मटकाती दूध-मलाई बन बोली—हुकम, अब आप विराजो सेज-बिछौने और मित्रो इस पापी पेट को अरचा-परचा अभी हुई हाजिर !

बाहर जाते सरदारी का बाँका लाचा देख बालो के मन जो मरोर उठी तो मित्रो ने आँखों से ही समेट ली। हाथ से निवाला तोड़-तोड़ नखरे से माँ के मुँह में डाला और गेंदे के फूल-सी घुटी-घुटी बोली—बीबो, मुझ गरीबनी से क्या होड़ ? तुम्हें तो नित नए रास-रंग और मित्रो बेचारी हर दिन अपने इसी एक निठल्ले के संग !

खसम पर घमंड करनेवाली की बात से बालो के पपोटे जलने लगे, पर ऊपर से लाड का फन फैलाकर बोली—मेरी भोली मित्रो, मुझे तो तू अंग-अंग में प्यासी-तिरहाई जापती है !—फिर पुराने तमाशाई खिलाड़ियों की तरह आँखें घुमा पासा फेंका—अरी लहर हो तो बुलाऊँ तेरी बगीची के लिए कोई माली ?

मित्रो के मुँह पानी भर आया। घरवाले का मान-गुमान सब उड़न-छू हो गए। सज़री आस-पास से आँखें चमकने लगी। ओढ़नी-तले दो पंछी मचलने लगे। माँ पर आँख गड़ा हौले से कहा—अह-हय, बीबो ! तुम्हारे

मुँह गुलाब। पर घोड़े-से लद्धड़ तुम्हारे इस जमाई का क्या करूँ ?

बालो ने हमजोलियों की नाईं लड़की को चिकोटी काटी—यह झमेला तू छोड़ मुझ पर। अरी, तेरी माँ खिलाड़िन ने बड़े-बड़े बाघ छका डाले !

पहले पहर बन-ठन मित्रो प्याजी रंग की ओढ़नी ओढ़ घरवाले के हुजूर में हाजिर हुई तो सिंगार देख एक बार तो अचरज के मारे सरदारी लाल की टिकटिकी बँध गई।

ठुमक-ठुमक, हाथ में पीतल की सुराही ले अन्दर आई तो सरदारी को लगा, कोई बसरे की हूर हो। कमर लचका-झुका, हाथ की सुराही चौकी पर रखी, फिर खड़े-खड़े खुमार-भरी आँखों से घरवाले को घूर शरारत से छेड़छाड़ की—भोले बलमा, बिटर-बिटर क्या तकते हो, अपनी मित्रो को ही नहीं पहचाना !

सरदारी ने नाक से इत्र-फुलैल की तीखी गन्ध खींची और तेवर चढ़ा तने-तने पूछा—यह कंजरियोंवाला तेरा कैसा वेश ?

मित्रो हँस दी कि घंटियाँ टनटनाई हों। फिर गुस्सा जताकर बोली—यह अपना घर नहीं, ढोलजानी ! तुम्हारी टटल-बटल कहीं मेरी माँ के कानों जा पहुँची तो...

सरदारी लाल आँखें चढ़ा कई देर रोबीला गबरू बना-बना मित्रो को घूरता रहा, फिर टोहकर कहा—माँ तुम्हारी ठहरी नम्बरी कसबन, उससे कैसा डर ?

मित्रो ने घरवाले की तीखी-तेज़ नब्ज़ पहचान सरदारी लाल की छाती पर कान लगा दिया—पता पा गई हूँ, पता पा गई हूँ ! मेरे मरहम का दिल कहता है, लाल

शरबत ला...लाल पानी ला !—फिर फुर्र से उठ चौकी से सुराही उठाई, प्याला भरा और ओठों से लगा निहोरा किया—साहिब जी ! आज तो मित्रो के हाथों परसादी लेनी पड़ेगी, लेनी पड़ेगी !

सरदारी के मन लड्डू घुलने लगे, पर डपटकर पूछा—वह क्यों, री ?

मित्रो ने दोगुनी शोखी से कहा—मनुक्ख का चोला क्या बार-बार, माहिया ? आज की रात बिसरा दे, ढोलन कि मित्रो तुम्हारी ब्याही-परणाई है !—फिर आँखें नचा घरवाले की नाक से नाक छुला ली—बस, आज तो यह समझो कि मित्रो संगरूर वाली लाली बाई है !

मित्रो की इस बेशर्म अनोखी अदा पर सरदारी लाल का तन-मन रीझ गया। पास बैठी मित्रो को ऐसा ताका कि मित्रो को ही गले से नीचे उतार लेना हो। बाँहें फैलाकर कहा—तो फिर इधर आ, लाली बाई, तुम्हें भी देखें !

मित्रो के ओठों पर हँसी थिरकने लगी। ओढ़नी कन्धे पर झुला, आँखें बार-बार नचा मित्रो ने घरवाले के गले में बाँहों का हार डाल दिया और प्याला मुँह से लगाकर कहा—ढोल जानी ! इस चढ़ी नदिया तो बड़े-बड़े तारू डूबते आए।

सरदारी ने साँस ले-ले घूँट भरे—एक...दो...तीन... और...फिर गट्ट-गट्ट प्याला खाली कर दिया।

—और दे, लाली बाई, और...

फुम्मन-सी फुदक मित्रो ने और उडेली। सरदारी ने लम्बे-लम्बे घूँट भर और गटकी, फिर नज़र टिका मित्रो के मुख पर, सरूर से हँसा—पिलानेवाली तो सचमुच की लाली बाई पर यह भी तो बता, गुलपातो, मैं पीनेवाला

कौन ?

मित्रो ने सरदारी के खसखसी बालों पर चूड़ियों और छल्लोंवाला हाथ फेरा—मेरे मोहने राँझन ! जब मैं भई लाली बाई तो तुम लाली बाई के कुँवर कन्हाई !

सिर हिला-हिला सरदारी कुछ कहने को हुआ कि हँफ-हँफ गला जलने लगा। हाथ से इशारा किया—और दे, और...

मित्रो ने और दी...और दी...फिर सुराही खाली कर आखिरी प्याला मुँह से लगाकर कहा—अब और नहीं... यह पीके सो जा मेरे छौने-मौने !

सरदारी लाल घुटती-घुटती आँखों बुड़बुड़ाया—शरबत में तूने कोई आग घोल दी है...आग !—निढाल हो सरदारी बिछौने में लुढ़कने गया तो मित्रो ने सुख की लम्बी साँस ले अँगड़ाई ली और बड़े प्रेम से अपने गबरू की ओर ताककर कहा—बेली ओ, तू ठहरा सच्चा-सुच्चा मर्द पर आग तो लगी है इस भटकैया के मन !

पाँव उठा, दरवाज़े की ओर बढ़ी कि पास ही कहीं लुकी-छिपी बालो अन्दर आई।

एक आँख बेसुध जमाई पर डाली और लड़की के गाल पर टिमका दे पूछा—क्यों री, हो गया न चित तेरा गलेला ?

त्योरियाँ चढ़ा मित्रो ने ओठों को मरोर दी और भभककर कहा—गलेला नहीं, सिंह कहो, गुरुयानी, सिंह !

ऐसा अहंकार ! कचोट सह मन-ही-मन कहा—दो-चार रातों की मार तू भी डाकरी। फिर कौन तो भड़ुआ तेरा ख़सम और किसकी तू तरीमत !

जहरीली आँखों बालो ने लाड बरसाया और हाथ से सँभाल लड़की को बाहर ले चली—तेरा सिंह तो, वाह-वाह,

माँद में सोया पड़ा है। अब चलकर ज़रा शेर बब्बर से भी टाकरा कर ले।

हुलक-पुलक मित्रो ने बड़ी-बड़ी पनीरी आँखों माँ को तरेरा और टिटकारी भरकर कहा—बीबो, यह डिप्टी बग्घा तो तूने भी टोह-टाह के देखा ही होगा ?

मुँहजोर लड़की की नजर चुरा बालो हँस दी—तेरी माँ के जाने तो एहलकार जोड़-बन्द का पूरा ही है।

माँ-बेटी ओसारा पार कर पाहुन-घर की पैड़ियों-तले पहुँची तो मस्ती में मित्रो के पाँव ऐसे पड़े कि बासन्ती बयार हल्के पात फरफराए हों।

ललक से उमड़ते हिया पर हाथ दे एक नजर सीढ़ियों को देखा, एक आँख पलट सरदारी लाल वाले कपाट की ओर और माँ को ठौल दिया—बीबो, तेरा जमाई उठ बैठा तो मित्रो की खैर नहीं...

बालो का जी तो हुआ, कहे—री ! तेरा ख़सम ऐसा जवाँमर्द नहीं। पर सहारा दिया—वह तो गहरा गुडुच्च, मेरी गुड्डो ! फिर भी कहे तो सिरहाने बैठ पहरा देती रहूँ ?

मित्रो हँसी कि तान गमक गई। माँ को गुदगुदाकर कहा—ऐसा गज़ब न करना, बीबो, मैं हाथ से अपना गबरू गँवा बैठूँगी !

—चुप री लकड़बग्घो ! माँ के संग ऐसी मसखरी ?

मित्रो माँ पर निहाल हो-हो गई—जमाई के उठने से पहले अपनी इस बच्छी बछेरी को जगा दोगी न ?

बालो ने लड़की के कान में कुछ कह दुलार दिया—सो भला री ! जा, आनन्द मना, मौज कर !

माँ को नाक-मुँह चढ़ा, मित्रो छज्जेवाली पैड़ियों में पाहुन को मिलने चली तो नीचे खड़ी बालो के दिल पर सुहागा चला गया। ऐसी हूक उठी, ऐसी टीस जगी कि

देह-की-देह भखने लगी। अरी खप्पनी बालो ! एक दिन जो डिप्टी सौ-सौ चाव कर तेरी शरणी आता था, आज वही इस लौंडिया से रंगरलियाँ मनाएगा। थू, री बालो, तेरी जिन्दगी पर !

दिल का ऐसा टाँका उधड़ा कि आँखों के अँधेरे से पानी रिसने लगा। सह न सकने के भर्राए कंठ लड़की को आवाज़ दी—मित्रो !...मित्रो...!...री मित्रो !

पाहुन के अधभिड़े किवाड़ की चिलमन पर पड़ा मित्रो का हाथ नीचे लटक गया।

अन्दर जाने की थिरकन से भीजा पाँव थर्रा गया। कोई काँपती लहरें छाती पर आ गुँथी। वैरिन माँ ने इस घड़ी क्यों हाँक दी ?

—लौट आ, मित्ती, परत आ !—बालो ने जैसे रोते-रोते चीख मारी हो !

पाहुन के किवाड़ पर पीठ दे हड़बड़ाई मित्रो ने पाँव उठा पहली पैड़ी पर रखा...

ओ रे मित्रो के गोसैयाँ ! तूने इस माटी की देह रस की तलैया क्यों ढरका दी ?

उतर नीचे ओसारे में आई। कारिख-पुते अँधियारे घर में घूरती माँ की चद्दर के सिवाय और कुछ न दिखा। पास आ फीके गले पूछा—बीबो, खैर तो है ? धुर-दहलीज से बुला लिया ?

ओढ़नी में मुँह-सिर लपेटे मित्रो की माँ बैठी-बैठी सिसकारियाँ भरती रही।

—कुछ तो कह, बीबो...

हिचकियाँ ले-ले बालो का गला घरघरा आया तो लड़की के जी बड़ा भरम लगा। आँचरा खींच-खींच मिन्नत की—कुछ तो बता, बीबो।...अभी-अभी तो अपनी मित्रो

को हँसते-खेलते ऊपर पठाया और...

कुछ कहने को बालो ने मुँह खोला पर रुलाई से ओठ फड़फड़ाकर रह गए।

बाँह से घेर मित्रो ने दिलजोई की—बीबो, ऊपर पौढ़ता डिप्टी तेरा इतना ही मित्र-प्यारा है तो इस घुग्घुचिया को क्यों उससे मेल-ठेल करने भेजा ?

बालो ने सिर हिला-हिला लड़की को कुछ कहना चाहा, फिर एकाएक कसकर मित्रो को बाँहों में भींच लिया और हिड़क-हिड़ककर कहा—तेरी माँ के जमाने लद गए, री मित्ती ! अब कौन इसका मित्र-प्यारा और कौन इसका संगी-साथी !

—बीबो !...

भौंचक्की मित्रो से कुछ कह बन न आया। माँ के कन्धे थाम उसकी काली-भौंरी अँखियों से बहते परनाले देख रुक-रुक कहा—तेरे दिलगारों की गिनती तो सौ-सैकड़ों में थी, बीबो !

लड़की की बात सुन बालो हाहाकार कर उठी। मित्रो का हाथ पकड़ रो-रो कहती चली—न-न, री, अब इस ठठरी ठंडी भट्टी का कोई वाली-वारस नहीं ! कोई मरे मनुक्ख का नाम भी नहीं...

दुखियारी माँ को गलबाँही दे मित्रो ने ढाँढ़स बँधाया—मेरी सौंह, बीबो, जो तुम इतना दुःख मनाओ !

बालो ने वास्ते ले-ले कहा—तेरी अकेली माँ को अब यह घर काटने दौड़ता है, री।

एकाएक जाने क्या हुआ कि भय के मारे मित्रो का कलेजा दहल गया। अँधेरे में मुँह बाए सूने किवाड़ों को देखा तो आँखों में कोई बिजुरिया कौंध गई। मसान-सा सूना भाँय-भाँय करता घर भूतों के डेरे-सा दिखा और

कलपती माँ कोई भूखी-प्यासी डाकिन-सी !

बालो लड़की को अपनी ओर खींच बोली—बेटी ! मुझे अब अकेले छोड़कर न जाना ! मैं सरदारी लाल को मना लूँगी।

अँधेरे में दमदमाते नीले पपोटोंवाले माँ के काले चेहरे पर दो चील की-सी आँखें देखीं तो चीख़ मार मित्रो परे जा छिटकी।

—क्यों री...क्यों ?

लम्बा गहरा फुंकार भर माँ को अपनी ओर बढ़ते देख पहले मित्रो की घिग्घी बँध गई, फिर जाने किस जोर-जाम से सँभली और तड़पकर चीखी—तू सिद्ध भैरों की चेली, अब अपनी खाली कड़ाही में मेरी और मेरे ख़सम की मछली तलेगी ? सो न होगा, बीबो, कहे देती हूँ !—फिर तीर की-सी छलाँग मार ओसारे से देहरी कुलाची और माँ के ठेलते-ठेलते सरदारी लाल वाली बैठक की कुंडी चढ़ा ली।

दिन चढ़े सरदारी ने जो देह को तोर-मरोर आँखें खोलीं तो पास लेटी मित्रो ने अपने सैयाँ के मुँह पर चुम्मे जड़ दिए। फिर आँखें नचा-फिरा पूछा—गिरदौर जी, पिछली रात कहाँ-कहाँ के हुए दौरे और कहाँ-कहाँ पड़े पड़ाव ? मैं भी तो सुनूँ !

नींद से निथरी आँखों सरदारी ने घरवाली को घूरा और सिर पर छोटी-सी चपत दे कहा—रात तो न कहीं ढुका हुआ, न पड़ा पड़ाव। बस, बैठ हवा के घोड़े बाँटें कहाँ की कहाँ निकल गई !

मित्रो ने घरवाले की छाती में मुँह छिपा लिया—मेरे

हरमन मौला ! यही किस्सा बीता तुम्हारी मित्रो के साथ !

फिर बाँहों से अँगड़ाई ली, हाथों को चटखा-मुरका उठ बैठी। सैयाँ के हाथ दाबे, पाँव दाबे, सिर-हथेली ओठों से लगा झूठ-मूठ की थू कर बोली—कहीं मेरे साहिब जी को नज़र न लग जाए इस मित्रो मरजानी की !

●●●